CHAQUE JOUR EST UN ADIEU

SUIVI DE

UN JEUNE HOMME EST PASSÉ

Alain Rémond, journaliste, d'abord critique de films, a tenu pendant de nombreuses années la rubrique « Mon œil » dans *Télérama*. Il collabore actuellement à *La Croix* et *Marianne*. Il est l'auteur de plusieurs livres et notamment de trois volumes autobiographiques : *Chaque jour est un adieu* (2000), *Un jeune homme est passé* (2002) et *Comme une chanson dans la nuit* (2003).

Alain Rémond

CHAQUE JOUR EST UN ADIEU

suivi de

UN JEUNE HOMME EST PASSÉ

RÉCITS

Éditions du Seuil

TEXTE INTÉGRAL

ISBN : 978-2-7578-0315-8
(ISBN 2-02-038974-6, 1re publication *Chaque jour est un adieu*,
ISBN 2-02-041490-2, 1re publication *Un jeune homme est passé*)

CHAQUE JOUR
EST UN ADIEU

Sinon l'enfance, qu'y avait-il alors qu'il n'y a plus ?
Saint-John Perse, *Éloges*

Pour vous, ceux de la tribu,
les frères et les sœurs, à qui je dois tant…

Hier soir, Yves m'a dit qu'il était passé devant la maison, à Trans. Il m'a demandé si je savais qui y habitait, maintenant. Je n'en ai pas la moindre idée. Je ne sais même plus quand est-ce qu'elle a été vendue, la maison. Peu de temps après la mort de ma mère, sans doute. Je n'avais pas voulu m'en occuper. Je m'étais bouché les yeux et les oreilles. Faites ce que vous voulez, vendez-la, ça m'est égal, je ne veux pas le savoir, ça ne m'intéresse pas. Pour ce qu'elle vaut, cette maison. Encastrée entre deux rues. Coincée entre deux autres maisons. Le terrain ? Une petite cour, de l'autre côté de la rue. Une maison qui tenait par les papiers peints, tellement elle était mal foutue. Les pièces coupées et recoupées, pour faire des chambres. Pas de chauffage. Un étage. Une maison minable, voilà. Alors, vendez-la à qui vous voulez. Qu'est-ce que ça peut me faire ?

Oui, c'est vrai, c'est ce que je me suis dit, à

l'époque. N'empêche qu'il a suffi qu'Yves m'en parle, hier soir, pour que je sursaute à cette seule idée : d'autres gens y habitent, dans notre maison. Et ça reste complètement insupportable. Combien de temps a-t-elle été à nous ? J'avais six ans quand on s'y est installés. J'en avais vingt-cinq à la mort de ma mère. Voilà : une vingtaine d'années. Et ça fait plus de vingt-cinq ans que ma mère est morte. Pourtant, je n'arriverai jamais à en parler autrement que de *notre* maison. Alors, dehors les intrus, les usurpateurs ! Tirez-vous ! Cette maison n'est pas à vous. C'est la nôtre. On y a vécu trop de choses, trop fortes, trop intenses. On y a été tellement heureux et parfois, aussi, si totalement désespérés, nous tous, les dix enfants. Et nos parents. J'habite loin de Trans, maintenant, depuis longtemps, loin de la maison, loin de tout ça. Mais il m'arrive de retourner en Bretagne, de passer par Trans, de m'y arrêter. De repasser devant la maison, en tremblant. D'avoir envie de jeter un œil par la fenêtre, mine de rien, pour voir ce que c'est devenu, à l'intérieur. Mais c'est comme si je me brûlais, en approchant de la fenêtre. Je ne peux pas regarder, c'est tout simplement impossible.

Yves, c'est mon plus vieil ami. On s'est connus en pension, j'avais dix ans et demi, j'entrais en sixième, il était en cinquième. Parfois on s'est perdus de vue, un an, deux ans. Mais on s'est toujours retrouvés. Finalement, il est revenu en Bretagne. Moi je suis resté à Paris. Je passe de moins en moins souvent à Trans, devant la maison. Alors, de temps en temps, je regarde de vieilles photos. Celle-ci, par exemple : ma mère avec deux de mes sœurs, dans la cuisine, devant la cheminée. Elles rient. C'est le soir, après le repas. Je regarde la photo et j'ai envie d'entrer dans la cuisine, de m'asseoir, de les écouter. Comment avons-nous pu être si heureux ? Je sais que les photos mentent, qu'on peut leur faire dire n'importe quoi. Un homme et une femme sourient à l'objectif et on s'invente, en les regardant, toute une histoire d'amour, de bonheur. Si ça se trouve, juste avant la photo, ils étaient en train de se chamailler. Si ça se trouve, ils se détestent, ils vont se séparer. Mais, pour la photo, ils sourient. Ils mentent. Comme la photo. Cette photo-là, celle de ma mère et mes deux sœurs dans la maison, à Trans, je sais qu'elle ne ment pas. Parce que j'ai vécu cet instant-là et tant d'autres semblables. C'est un bonheur qui me tue, que je ne peux pas regarder plus de quelques secondes. Alors, vite, je referme l'album. Et j'essaie, vite, de penser à autre chose. Parce que, en même temps que ce bonheur, il y a eu trop de malheur.

Mais avant de parler de la maison de Trans, il faut parler des autres. Celle de Mortain, d'abord, où je suis né. Trans, c'est en Bretagne, quelques centaines d'habitants, au-dessus de la baie du Mont-Saint-Michel. Mortain, c'est de l'autre côté, en Normandie. Mes parents, venant de Bretagne, s'y étaient installés, à la fin des années trente, parce que mon père, paysan, fils de paysans, y avait trouvé du travail : un emploi d'ouvrier agricole. Payé au lance-pierres. Corvéable à merci. Un jour, il en a eu assez de se faire exploiter et il est devenu cantonnier. Au moins, la paye assurée à la fin du mois. La maison de Mortain, aux Aubrils, très précisément, c'était une bicoque au milieu d'un champ, en lisière de forêt. Une seule et unique pièce, pour toute la famille. Dix, à l'époque : mes parents et huit enfants. Comment faisaient-ils pour se débrouiller ? Je n'en ai pas la moindre idée. Quand on l'a quittée, la maison de

Mortain, j'avais tout juste six mois. Je suis revenu la voir, après. Vraiment une bicoque. Aujourd'hui, il n'y a plus que le champ : la maison a été rasée. Il me reste une photo, une seule, prise de loin. Je la regarde et j'essaie d'imaginer ce qu'a été la vie quotidienne, pendant toutes ces années, les uns sur les autres. Je me suis fait raconter, par mes frères et sœurs. Ils m'ont dit des bribes, des lambeaux d'histoires.

Mais ce qu'ils avaient vraiment envie de raconter, c'était autre chose. La guerre. La véritable histoire de la famille à Mortain, c'est la guerre. Ces quelques semaines, entre juin et août 44, où tout a basculé. Et qui ont effacé, dans la mémoire familiale, des années de vie commune dans la petite bicoque. Le débarquement. L'arrivée des premiers parachutistes américains, surgissant de la forêt. La terrible contre-attaque allemande, les SS de la division Das Reich remontant d'Oradour, repoussant les Américains. La bataille de Mortain, prise par les uns, reprise par les autres, se terminant dans les ruines, au corps à corps. Cette scène, surtout : la famille est dehors, dans le jardin, en train de manger. Des bombardiers surgissent dans le ciel, tout le monde regarde, nez en l'air. Soudain des bombes, tout autour, commencent à exploser, mes parents et mes frères et sœurs se précipitent vers la tranchée, derrière la maison. À ce moment précis, une bombe tombe dans le jardin, explose, ma mère est touchée de trois éclats. Mon père va chercher du secours à la ferme voisine, distante d'à peine deux cents mètres. Il est obligé de ramper, car aux bombardements ont succédé les tirs de mitrailleuse, la maison étant juste entre les lignes allemandes et américaines. Il met presque une heure à faire ces deux cents mètres, avant de frapper à la porte des voisins, qui, eux, sont persuadés que toute la famille est morte. Pendant ce temps, dans la précipitation, ma sœur Agnès, âgée de quelques mois, a été oubliée dans son landau, sous un arbre. Un éclat de bombe brise net une branche, juste au-dessus du landau, mais Agnès n'a rien. Miracle, dira la légende familiale. Quelques jours plus tard, les Américains frappent à la porte. Pour en finir, disent-ils, ils vont tout raser, pierre par pierre. Ils invitent la famille à partir, le plus vite possible, le plus loin possible. Et mes parents s'en vont, sur-le-champ, avec leurs six enfants, à pied, sur les routes de Normandie, poussant le landau, pour tenter de rejoindre la Bretagne. Mortain, c'est l'enfer. Mais sur la route, partout, c'est la guerre. À la moindre alerte, il faut se cacher dans les talus, attendre, le cœur battant. La blessure de ma mère s'infecte, elle est soignée par un médecin américain. Enfin, ils arrivent en Bretagne, à Combourg, dans la ferme de ma tante. C'est l'été, le mois de juillet. À la ferme, c'est le jour de la moisson. C'est la fête. La guerre est à des années-lumière. Mes parents, mes frères et sœurs, n'arrivent pas à raconter d'où ils viennent, ce qu'ils fuient, à quoi ils ont échappé.

La guerre finie, ils retournent à Mortain. Beaucoup de ceux qui n'ont pas voulu partir sont morts. La ville est presque totalement rasée. La bicoque, elle, est toujours debout, au milieu du champ. Ils s'y réinstallent. Mon frère Jacques y naîtra, un an plus tard. Et moi, l'année d'après.

Telle est l'histoire de Mortain, dans la légende familiale. Quelques semaines de cauchemar, un vrai miracle d'y avoir survécu. Mais, après coup, au fil des années, des récits successifs, quel fabuleux western ! Nous, les plus jeunes, on ne se lassait pas de se faire raconter l'épopée, on était jaloux de ne pas l'avoir vécue. C'est devenu, entre nous, une véritable obsession, comme si tout venait de là, ce qui nous unissait, nous, la famille. Quand, des années plus tard, on retournait à Mortain, c'était pour nous faire raconter, sur les lieux mêmes, dans la forêt, tous les détails de l'aventure, les combats, les obus, les soldats. Ma mère avait ramené des douilles d'obus et des balles de mitrailleuse qu'elle astiquait soigneusement, tous les jours, et qui trônaient sur le buffet. Toute mon enfance, toute mon adolescence, j'ai vu ces douilles d'obus et ces balles de mitrailleuse, artistiquement disposées sur le buffet, brillant de mille feux. On dévorait les livres, les brochures, les revues qui racontaient la bataille de Normandie, pour dénicher les quelques pages consacrées à la bataille de Mortain. Plus tard, ce sera la fascination pour les films de guerre : revivre en images, dans le tonnerre des obus, la saga familiale. Notre vie est là, dans ces quelques kilomètres carrés saccagés, déchiquetés, d'où nous sortons vivants. Héros d'une épopée qui a sa place dans les livres : la libération de la France! Grands mots, grandes phrases, qui ronflent dans nos têtes d'enfants, habitent à jamais notre imaginaire. Quelle différence avec l'autre guerre, la grande, celle de 14-18. Toute mon enfance, j'ai vu des femmes en noir, grands-mères, grands-tantes. En deuil perpétuel de leurs maris tués dans les tranchées, ou morts des suites de la guerre, ces saletés de gaz qui les avaient empoisonnés. Une atmosphère pesante, sinistre, des photos dans des cadres, sur les buffets, le souvenir d'une catastrophe qui avait décimé les familles. Notre guerre à nous, celle des Américains contre les SS, c'était un formidable réservoir de récits, d'aventures. Mon frère aîné nous racontait comment il avait vu sortir de la forêt, près de la maison, les premiers Américains : c'était plus fort, plus palpitant que toutes les histoires qu'on lisait dans les illustrés. La guerre, c'était nous.

Au début des années cinquante, alors que nous étions installés en Bretagne, à Trans, je suis souvent revenu à Mortain, en vacances chez mon parrain. J'ai le souvenir, à cette époque (j'avais sept-huit ans), d'une ville bizarre, à moitié détruite, à moitié reconstruite. Il y avait plein de baraques en bois, bâties à la hâte pour reloger, provisoirement, ceux qui avaient tout perdu. Seule la vieille église du XVe siècle, la Collégiale, en plein cœur de la ville, était restée intacte. Un miracle, évidemment. Ce sont des souvenirs en noir et blanc, un peu flous, qui bougent et tremblent dans ma mémoire, comme des fantômes. Sur la route, en sortant de Mortain, je revoyais la petite maison au milieu du champ, la bicoque où j'étais né. Et, bien entendu, pendant ces vacances, avec un camarade que je retrouvais chaque été, on jouait à la guerre. Aujourd'hui encore, quand il m'arrive de traverser la Normandie, le Cotentin, je suis fasciné par ces bourgs, ces villes, entièrement reconstruits par les Américains, tous sur le même modèle. Et par ces cimetières de croix blanches, ces Anglais, ces Canadiens, ces Américains morts au soleil de l'été 44. C'est certainement une maladie, cette fascination pour ce qui s'est passé là, voilà plus de cinquante ans. Je suppose que ça devrait se soigner. Mais voilà, c'est comme ça, c'est notre histoire. Mortain, la guerre, les Américains et les SS, on est nés là-dedans, nous, la famille. Tous cinglés, c'est sûr.

Trois ans plus tard, en 1947, nous déménageons. Finie, la vie à dix dans une seule pièce, à Mortain. Nous voilà installés au Teilleul, à une dizaine de kilomètres. Mon père a réussi un concours : de simple cantonnier, il est devenu chef cantonnier. Et il vient d'être nommé au Teilleul. Nous logeons dans une de ces baraques en bois, qui nous a été attribuée en tant que « sinistrés de guerre ». Le luxe : trois pièces ! Détruite, elle aussi, aujourd'hui, la baraque, comme la bicoque de Mortain. Cette fois, j'ai mes propres souvenirs. L'école maternelle. Des cerises qu'on cueillait, mon frère Jacques et moi, toujours au même arbre, en allant à l'école. Nos expéditions dans les décharges, les trous à ordures. C'est fou ce qu'on aimait ça, on passait des heures à fouiller là-dedans, pour récupérer un jouet cassé, une vieille boîte en métal, un truc à ressort, un objet bizarre qui nous faisait rêver. N'importe quoi, du moment que ça nous paraissait utilisable, récupérable. On ramenait nos trouvailles à la baraque et notre frère Henri, qui adorait déjà bricoler (il est devenu mécanicien), nous fabriquait un truc tout neuf. Ce sont de tout petits souvenirs, des souvenirs minuscules. Une baraque en pleine campagne, à deux kilomètres du bourg, au carrefour de Saint-Patrice. La route, toute droite, qu'on faisait à pied pour aller à l'école ou, le dimanche matin, à la messe. J'ai cette photo (prise par qui, je me demande bien) de nous trois, ma sœur Agnès, mon frère Jacques et moi, tout endimanchés, peignés de frais, sur la route de la messe. Je dois avoir cinq ans, j'ai un pull tricoté (par ma mère ou ma sœur Monique) avec deux petits pompons. Qu'est-ce que j'ai l'air cloche, avec ces deux pompons ! Parfois, je faisais le trajet sur le porte-bagages du vélo d'Agnès. Du bourg à la baraque, ça descendait, ça filait tout droit. En passant au carrefour de Saint-Patrice, Agnès, qui avait une peur bleue, fermait les yeux et fonçait façon kamikaze. On n'a jamais eu d'accident. Si ce n'est pas un miracle, qu'est-ce que c'est ?

Mon frère aîné, Jean, était en pension, loin du Teilleul, loin de la Normandie. Quand il revenait pour les vacances, on allait l'attendre à l'arrêt du car. C'était un car rouge, avec une grosse roue de secours fixée à l'arrière. Comme il arrivait par la route de Flers, on l'appelait le car de Flers, et il me semblait que Flers était à l'autre bout du monde. Je crois bien que l'attente et l'arrivée du car de Flers, le soir, au bord de la route, est l'un des plus grands événements de ma vie d'enfant, au Teilleul. Depuis, j'ai toujours aimé attendre. Dans les gares, les aéroports, à une station de métro. N'importe où. Attendre quelqu'un, c'est le bonheur. Jean arrivait de très loin, de son collège du Maine-et-Loire, c'était un monde mystérieux, fascinant, avec ses rites et ses coutumes. Il en ramenait des mots, des expressions, une façon d'être, à des années-lumière de notre petite vie dans la baraque, en pleine campagne. Quand il descendait du car de Flers, c'était comme un grand courant d'air, l'impression d'un ailleurs quasi mythique. Il y avait une autre vie, là-bas, dont je ne savais que quelques bribes. Plus tard, moi aussi, j'irais en pension.

Et puis au Teilleul sont nés ma sœur Madeleine et mon frère Bernard. Voilà, on était au complet. Les parents et les dix enfants. On allait être labellisé, à vie, famille nombreuse. Avec une symétrie garçons-filles (cinq de chaque côté) qui ne cesserait pas de susciter des oh ! et des ah ! d'admiration, de stupéfaction. Famille nombreuse, bretonne, catholique. Une vraie carte postale. Déjà, pendant la guerre, mes parents avaient eu droit à un beau diplôme de reconnaissance de l'État français, signé du Maréchal Pétain, inventeur du label famille nombreuse. Plus tard, on aurait le prix Ouest-France, avec photo dans le journal. Et le prix Nestlé, idem. À chaque fois, grande cérémonie, repas, discours, en présence des plus hautes autorités civiles et religieuses. Attention, ce n'était pas gagné d'avance : il fallait justifier d'excellents résultats scolaires et, surtout, d'une conduite morale irréprochable. Je me souviens des certificats de bonne conduite, qu'il fallait demander aux directeurs d'école. On était honteux d'avoir à les demander. Et fiers de les obtenir. Une famille nombreuse proposée, par voie de presse, à l'édification des foules, se devait d'être nickel. Accessoirement, il y avait, à la clé, une somme d'argent, récompense de nos mérites. Lesquels consistaient essentiellement à contribuer efficacement au repeuplement de la France. Le baby-boom, c'est nous. Cet argent, on n'en avait pas honte. Parce qu'on en avait drôlement besoin. Famille nombreuse, bretonne, catholique. Et sans un sou. Voilà le tableau. Ajoutons : une flopée d'oncles, de tantes, de cousins ou de petits-cousins, de cousines ou de petites-cousines. Tous paysans. Ou, plus original, du côté de ma mère, marchands de cochons.

Et justement, voici que s'annonce, après les années normandes, le grand retour vers le berceau familial : la région de Dol, de Combourg. Mon père, après Le Teilleul, est nommé à Trans, où nous débarquons, un jour d'été 1952, dans cette maison mal foutue, toute cabossée, qui tient par les papiers peints. Et qui sera à jamais notre seul et vrai royaume, pour les siècles des siècles. Amen.

C'est mon premier souvenir de déménagement. De Mortain au Teilleul, de la bicoque à la baraque, je n'ai bien entendu aucune image : j'avais six mois. Précoce, peut-être, mais tout de même… Déménager, c'est l'aventure. Le réveil à l'aube. Le voyage en camion à travers des paysages qu'on ne connaît pas, qu'on n'a jamais vus, par des petites routes mystérieuses qui vont jusque là-bas, dans cette Bretagne où je n'ai jamais mis les pieds. Soixante-dix kilomètres à tout casser. Le bout du monde. L'arrivée à Trans, par la route de Pleine-Fougères (chef-lieu de canton), l'arrêt au grand carrefour avec la route de Saint-Malo. Juste à côté du carrefour, presque au coin : la maison. Notre maison. Voilà, c'est là. De l'extérieur, elle a un air un peu bizarre. On comprendra pourquoi plus tard, quand on nous expliquera que c'est un ancien café. On entre : une grande pièce. Enfin : qui nous apparaissait grande. Pas tant que ça, en fait. Pas grande du tout, tout compte fait. Derrière, un cellier. Et, miracle des miracles : un escalier. Une maison avec un escalier ! On monte, le cœur battant. À l'étage : deux chambres. Et un palier, d'où part, derrière une porte, un autre escalier. Là, c'est le jackpot, le bonheur absolu : ce deuxième escalier, sombre, inquiétant, mystérieux, mène à un grenier, tout aussi sombre, inquiétant et mystérieux, qui nous paraît gigantesque, avec des recoins qu'on devine à peine, des poutres d'où pendouillent des harnais, des laisses de cuir, où sont accrochés des colliers de chevaux de trait. On avance à tâtons, on manque de se cogner la tête dans les poutres, on bute sur de drôles d'objets, des outils bizarres, pleins de toiles d'araignée. Comme pour le café, l'explication viendra plus tard : c'était, jadis, la maison d'un bourrelier, celui qui fabrique l'attelage et les colliers des chevaux. Ce grenier, qui nous fait un peu peur, deux étages au-dessus de la pièce rassurante du rez-de-chaussée, on comprend tout de suite que ce sera notre royaume à nous, les enfants, qu'on y passera des journées à jouer, à rêver, à bricoler, à s'inventer des vies, des aventures, à s'y perdre, à s'y faire de délicieuses frayeurs.

Pour le reste, cette maison, c'est tout et n'importe quoi. Il n'y a pas d'eau courante (donc ni salle de bains ni wc) mais ça on trouve ça normal, on n'en a jamais eu. L'électricité est complètement pourrie, alors M. Marchandet, un ami de mes parents à Mortain, fait le voyage pour tout réparer, miracle, ça marche. Il faut couper le cellier en deux pour faire une chambre en bas, ce sera la chambre des garçons. En haut, il y aura la chambre des parents et celle des filles. Bien entendu, il n'y a pas de chauffage mais ça c'est normal, on n'en a jamais eu. Le chauffage, ce sera, en bas, la cuisinière. Et, dans les chambres, rien. Sauf celle des filles, où on installera un petit poêle.

Puis on trouve les noms, pour désigner les lieux. La grande pièce (enfin, grande…) en bas, ce sera « la cuisine ». Et le cellier, « la pièce ». Pourquoi a-t-on appelé le cellier la pièce ? Mystère et boule de gomme. En tout cas, c'est drôlement pratique. Si ma mère me dit : « Va chercher le beurre dans la pièce », je sais où c'est. C'est dans la pièce, facile. Là où il y a le garde-manger, une petite cabane avec la porte en grillage, où on garde la nourriture. C'est certainement moins pratique qu'un frigo. Mais un frigo, on ne sait même pas que ça existe. Dans la pièce, il y a aussi les deux tonneaux de cidre. Et puis les vélos, les chaussures, des outils, tout un barda indéfinissable. Et le chien. C'est là qu'il dort, sur un vieux paillasson, au bas de l'escalier. Dans la cuisine, presque toute la place est prise par la table. Une immense table, faut ce qu'il faut : on est quand même douze à manger, quand Jean est en vacances. Sinon, il y a un buffet, très vieux, avec, dessus, les douilles d'obus et les balles de mitrailleuse, astiquées tous les jours par ma mère. Des chaises. Des bancs. La cuisinière à bois et à charbon. Une cheminée (où ma mère fait les galettes). Et voilà. Ah, si : ma mère persistera à entretenir, contre vents et marées, une bande de parquet ciré, le long du mur, de trente centimètres de large. Cette bande de parquet ciré, c'était sa fierté. Comme quoi on était peut-être les uns sur les autres, c'était peut-être une maison mal foutue, mais regardez cette bande de parquet si c'est pas beau, si c'est pas nickel. On n'avait pas intérêt à y laisser traîner nos godasses crottées, on se faisait engueuler aussi sec. Cette bande de parquet ciré, c'était sa victoire quotidienne, à ma mère, sa bagarre contre tout ce qu'on n'avait pas, c'était un signal, un message. On a sa fierté, nous disait-elle souvent. Fière, oui, elle l'était. Et elle voulait qu'on soit fiers.

Forcément, vu le nombre d'enfants et le nombre de lits, on dormait à plusieurs dans le même lit. Tête-bêche, s'il le fallait. Ça favorisait les discussions, les conversations, tard dans la nuit. Surtout dans la chambre des filles. L'hiver, on se chauffait avec des briques. On mettait les briques dans le four de la cuisinière, le soir.

Quand elles étaient bien chaudes, on les enveloppait dans du papier journal. Et on les mettait au fond du lit, un peu avant d'aller se coucher. Le temps que ça chauffe le lit. Lorsqu'on se glissait entre les draps, on cherchait du bout des doigts de pied la brique dans son papier journal, hum, quel délice. Évidemment, elles finissaient par refroidir, les briques. Au matin, on était gelés. Ce truc, c'était le meilleur moyen d'attraper des engelures. Qu'est-ce qu'on s'est tapé comme engelures ! On faisait chauffer de l'eau dans une grande bassine et, à tour de rôle, on venait tremper dedans nos orteils gonflés d'engelures. Ça soulageait. C'était toujours ça.

Après, au fil des années, on a fait d'autres chambres. On a coupé la chambre des filles en deux. On a monté une cloison dans la chambre des parents, pour que Jean ait sa chambre. Puis on a coupé celle de Jean en deux pour que j'aie ma chambre. J'avais quinze ans. Ma première chambre. Évidemment, il y avait juste la place pour le lit. Et de quoi passer pour entrer dans la chambre de Jean (qui deviendrait, plus tard, celle de Bernard). Évidemment, aussi, elle n'avait pas de fenêtre. C'était une chambre noire. Aucune importance. Elle ne me servait que le soir, la nuit. Agnès, elle aussi, a eu sa chambre noire. Juste à côté de la mienne. On tapait du doigt contre la cloison, pour s'envoyer des messages secrets.

On allait chercher l'eau au puits du bourg. Un seau dans chaque main et, pour bien équilibrer, un cercle de tonneau. Ou alors, avec de grands brocs, à la pompe de chez Touquet, un maçon qui nous laissait nous servir. On se lavait dans la cuisine, cuvette et broc. Et les wc ? Une cabane, dans la cour. Parce qu'il y avait une cour, de l'autre côté de la route (celle de derrière, la route de Pleine-Fougères). Juste une cour : ça nous changeait du champ de Mortain, du jardin du Teilleul. Même pas devant la maison, en plus, la cour, toujours cette route à traverser. Mais, bon, on s'y est très vite fait. Un mur, côté route, une petite porte dans le mur et voilà, c'était le bonheur. Pas grande, certes, et très encombrée, la cour : en plus de la cabane des wc, il y avait des arbres (pommiers, poiriers, immense noisetier), le poulailler, les clapiers, le bois de chauffage, les cordes à linge et des grosses pierres taillées, entassées dans un coin, les unes sur les autres, on n'a jamais compris ce qu'elles faisaient là. Ce qui restait, c'était notre domaine à nous, les enfants. Pas grand-chose, mais bien assez pour inventer mille mondes, mille aventures, jour après jour, semaine après semaine. On avait tracé, dans la terre, tout un circuit de routes très compliqué, avec carrefours, virages, ponts, tunnels, pour nos petites voitures miniatures. Les poules venaient régulièrement tout foutre en l'air, en cherchant des vers du bout de leurs pattes, on engueulait les poules, on les virait de notre circuit, on refaisait tout bien comme il faut. Et voilà. Ou bien on jouait à la marchande. Chacun ouvrait son magasin, épicier, boulanger, boucher, garagiste, ça nous prenait des heures, des jours, à fabriquer le magasin de nos rêves. Après, on allait les uns chez les autres, faire nos courses. Je me souviens que chez le marchand de légumes on trouvait toujours du « chou américain ». C'était du plantain, qu'on avait rebaptisé comme ça pour faire exotique. Mais le plus passionnant, ce n'était pas de faire les courses, c'était d'imaginer nos magasins, de dénicher à droite et à gauche toutes les bricoles, les outils, les planches, les bouteilles vides, les vieilles boîtes de conserve, les réclames, tout ce qui pouvait faire exister le magasin, lui donner sa couleur, sa personnalité. Ou alors on traçait sur la terre, chacun de son côté, la maison idéale. Et on s'invitait les uns les autres pour comparer, prendre des idées.

On a passé là, dans la cour, des milliards d'heures de pur bonheur. Ma mère, en venant donner à manger aux poules et aux lapins, venait voir à quoi on jouait, on lui faisait visiter, elle nous donnait des idées. J'ai appris là, avec elle, grâce à elle, à vivre avec le soleil, à l'apprivoiser, à jouir du temps, du jeu des feuilles, des avancées de l'ombre sur la terre. Quand je dis nous, les enfants, c'est bien sûr les plus jeunes, Agnès, Jacques, Madeleine, Bernard et moi. Quand on est grand, on ne joue pas. Agnès, un jour, a arrêté de jouer. Et puis Jacques. Un jour, on ne sait plus jouer. On oublie le secret. On ne comprend plus ce que ça veut dire, en quoi ça consiste. S'inventer des vies, y croire dur comme fer, un jour, c'est fini, ça s'arrête d'un seul coup, comme ça, du jour au lendemain. Je me demande si ce n'est pas le pire jour de la vie : la perte du jeu, l'oubli du jeu. On y passe tous. Un jour, ça a été mon tour. Mais j'en ai profité jusqu'au bout, jusqu'à la dernière minute, à la dernière seconde. Je me demande si je n'ai pas battu une manière de record : celui qui jouera le plus longtemps. Un cadeau du ciel. Je me souviens de ce jour où un camarade de mon âge est venu me voir, dans la cour, et m'a surpris en train de jouer avec Madeleine et Bernard. Le ton de mépris, dans sa voix, quand il m'a lancé : « Quoi, tu joues encore, à ton âge ? » Oui, je jouais encore. Et je le plaignais, sincèrement, de ne plus savoir jouer. Après, quand on a passé la barrière, franchi la frontière, c'est fini, on ne peut plus revenir en arrière. Jamais.

Il faut que je dise un mot des poules et des lapins. C'est bête, une poule, surtout quand ça vient effacer, d'un coup de patte stupide, nos routes patiemment, artistiquement tracées. Mais comment expliquer que la compagnie des poules fait partie du bonheur ? Leur manège tranquille, leurs petites occupations dans l'herbe, dans la terre, leur trafic de bec et de pattes, leurs petits bruits de gorge, leur façon de fermer à moitié la paupière, de lever la tête dans le soleil, de se secouer les plumes, de s'étaler dans la poussière, c'est fou ce que ça repose, ce que ça met de bonne humeur. Regarder vivre les poules dans une cour, au soleil, qui éprassent (cherchez pas, c'est du patois) tranquillement dans la poussière, c'est une façon de vivre en accord avec le monde. Et je ne parle pas des œufs.

Les lapins ont sur les poules un avantage considérable : on peut les caresser, les embrasser, c'est doux, c'est chaud, c'est soyeux. L'inconvénient, pour eux, par rapport aux poules, c'est qu'ils sont enfermés à vie dans leurs clapiers. Mais, bon, ils n'ont pas l'air d'en souffrir tant que ça. Ils passent leur temps à mâchouiller d'un air pensif, ils clignent des yeux, ils se grattent derrière l'oreille d'un coup de patte, ils remâchouillent. On en avait une tripotée, des gros, des moyens, des tout petits. Le grand truc, c'était de leur donner à manger. D'abord, il y avait le côté corvée : on partait avec le grand panier, le soir, après l'école, et on arrachait de l'herbe sur les talus, le long des routes. C'était long, c'est fou ce que ça prend du temps, de remplir un grand panier d'herbe. Mais s'il faisait beau, l'odeur de l'herbe et des talus, dans la fraîcheur du soir, c'était tellement agréable, ça compensait presque le côté corvée. La récompense, c'était de donner à manger aux lapins. On ouvrait la porte des clapiers, ils étaient tous là à pousser du museau derrière le grillage, on jetait de pleines poignées d'herbe, ils se précipitaient, se bousculaient, on faisait gaffe que les petits en aient autant que les gros. Et puis ils s'en prenaient de pleines bouchées, mâchouillaient, jouaient des mandibules, ça crissait sous leurs dents, ils nous regardaient d'un air content, on les caressait, on restait là longtemps à les regarder manger avant de refermer les clapiers.

Évidemment, faut dire la vérité, on n'élevait pas des lapins juste pour le plaisir de les regarder manger. On les élevait pour les manger, nous. Dès qu'ils étaient assez gros, hop, à la casserole. Ma mère les attrapait par les oreilles et, d'un coup de tisonnier derrière la tête, elle leur réglait leur compte, très professionnelle. Bien sûr, on était triste. Très triste, même. Mais c'était comme ça, c'était la vie. D'autres lapins naissaient. Et voilà. En plus, le lapin, je ne sais pas si vous êtes au courant, mais c'est drôlement bon. Après son forfait, ma mère découpait soigneusement la peau, la retournait sur une branche en forme de fourche pour la faire sécher. Et on la vendait au marchand de peaux de lapin, qui passait régulièrement dans le bourg avec sa carriole en criant « Peaux de lapin ! Peaux de lapin ! Y a-t-il des peaux de lapin ? » Ça ne se vendait pas cher, une peau de lapin. Mais une peau de lapin plus une peau de lapin, à la longue…

Maintenant, il faut que je fasse une pause. Je suis allé trop vite. Il faut que je vous parle de Trans. Là où nous avons pour de bon posé nos meubles et nos bagages, en cet été 1952. Trans, 800 habitants, à 15 kilomètres de Dol, 15 kilomètres de Combourg, 20 kilomètres du Mont-Saint-Michel. Comment raconte-t-on le paradis terrestre ? Je sais, c'est un trou perdu en pleine campagne, un bled sans aucun intérêt, qu'on traverse sans même faire attention, en fonçant vers Saint-Malo. Oui, oui. Mais, pendant toutes ces années, j'ai vécu à Trans comme au paradis terrestre. Et c'est là une vérité absolue. Je le jure, sur la tête de mes lapins. D'accord, au tout début, on était un peu perdus. Je me souviens du premier jour d'école, dans la cour de récréation. J'avais six ans. Un gars est venu vers moi et m'a demandé comment je m'appelais. J'ai été incapable de lui répondre. J'ai tourné le dos et je suis parti en courant vers l'autre bout de la cour. C'était la première fois qu'on me demandait comment je m'appelais. Avant, partout, on savait qui j'étais. Là, d'un seul coup, j'ai compris que je venais d'ailleurs. Que pour les gars de l'école j'étais un étranger. Déjà, à dix kilomètres, on est un étranger. Alors, quelqu'un qui débarque de Normandie… Faut dire, aussi, qu'on n'était pas passés inaperçus. Une famille de douze qui débarque à Trans, huit cents habitants, qui s'installe en plein centre du bourg, près du carrefour, ça se remarque, ça fait de l'effet. Qui c'est ceux-là ? D'où ils viennent ? Ils ont de la famille ici ? L'effet de masse, déjà. Tous ces enfants inconnus qui sortaient dans la rue, qui allaient à l'école des filles, à l'école des gars, à la messe le dimanche, quelle histoire ! Et puis Jean qui faisait des études, là-bas, quelque part, en pension, c'était carrément abracadabrant. Surtout qu'il a été vite suivi par Marie-Annick, pensionnaire à Avranches. Et les autres, après. Quelle drôle de famille, où les enfants ne s'arrêtaient pas, comme tout le monde, au certificat d'études ! On nous avait à l'œil, on nous regardait comme des originaux, de drôles de zozos. On recevait des amis qui venaient de Normandie (de Normandie !), de la famille qui venait de Combourg et des alentours (à quinze kilomètres !), on voyait bien que ça faisait jaser. Nous, le fait de venir d'ailleurs et de savoir que ça faisait causer, ça nous a fait en rajouter, dans le côté tribu. Tous ensemble, toujours ! Quant à se sentir différents, non seulement, finalement, ça ne nous déplaisait pas, mais on la cultivait, notre différence. On en jouait. On trimballait avec nous comme un parfum d'exotisme, on savait qu'on servait un peu d'abcès de fixation (pour ou contre) pour une bonne partie du bourg, ça nous donnait un genre, on aimait ça.

Et puis, très vite, on a eu le coup de foudre pour Trans. Un bourg qui n'a absolument rien de spécial, de particulier, je tiens tout de suite à le préciser. À part une église pas trop moche, plutôt pas mal même (mais de belles églises en Bretagne, on en trouve des flopées), il n'y a strictement rien, à Trans. Une rue principale, la grand'rue, la route nationale, en fait, qui va de Saint-Malo à Fougères. Une autre route, celle de Pleine-Fougères, qui va de Normandie jusqu'à Rennes. Un carrefour entre les deux, là où on habite. La place de l'église. Deux petites rues autour. Et voilà, ça y est, vous êtes sorti de Trans, à peine le temps de comprendre que vous y êtes entré.

Parfois, quand je voyage en train, je vois, au loin, des petits villages, de minuscules bourgades. Je regarde les maisons, j'imagine les gens et je me demande : mais comment peut-on vivre dans un trou pareil ? Qu'est-ce qu'on doit s'embêter, étouffer ! Et aussitôt je me rappelle que moi aussi j'ai vécu dans un trou, un bled paumé. Et que non seulement je ne m'y suis jamais embêté, je n'y ai jamais étouffé, mais j'y ai passé des années miraculeuses, des années magiques. Le monde entier était concentré à Trans. Tout, absolument tout.

Pour commencer, on a fait les explorateurs, tous ensemble, nous les enfants. À pied, puis, plus tard, en vélo. Et, encore plus tard, en solex. De toute façon, on n'avait pas de voiture, on n'en a jamais eu. Mon père allait sur les chantiers en mobylette. Quand il fallait se rendre ailleurs, loin, on profitait d'un voisin, le boucher, par exemple, qui nous transbahutait dans son camion en allant à la foire aux bestiaux. On s'est donc mis à se promener un peu partout, puisqu'on ne connaissait pas. On a vite découvert le plus important : la forêt. À quelques kilomètres du bourg, la forêt de Villecartier. Immense, de magnifiques futaies de hêtres et, au beau milieu, un étang. Cette forêt, on a fait des milliards de kilomètres à pied pour y aller, pour en revenir, pour la parcourir dans tous les sens. On disait à notre mère : on part à la forêt. Et voilà, elle nous laissait partir, toute la troupe, à pied, pour des après-midi entières de marche, de jeux, de discussions, de baignade, de rêverie. Quand on avait trop soif, en y allant, on s'arrêtait au ruisseau de Pont-Perrin, où coulait une eau froide, délicieuse, qu'on prenait à pleines mains.

On montait l'allée qui menait au château de la Villarmois, un château prétentieux du siècle dernier, où vivaient le Comte et la Comtesse et leurs enfants, qui se vouvoyaient entre eux, ce qui nous faisait bien rire. On passait par le parc du château, avec sa pierre étrange, énorme, taillée en son milieu par une tranchée : on disait que jadis on y faisait des sacrifices humains, du temps des druides. On continuait le chemin, en passant près de la ferme de l'Ave Maria, on longeait un premier étang, l'étang de Rufien, on arrivait dans la forêt par un sentier de rêve, sous les hêtres, dans la mousse, et on débouchait sur l'étang de Villecartier. Là, il y avait un moulin à eau, avec sa roue à aubes, le Moulin de la forêt, qui faisait buvette. On poussait plus loin, de l'autre côté de l'étang, jusqu'à un endroit qu'on avait baptisé la grande baignade. Un endroit à nous, une petite crique de sable où on pouvait s'installer, sortir nos quatre-heures. Derrière, l'immensité de la forêt. L'eau, la lumière, le soleil dans les arbres, l'odeur de la mousse, la douceur de l'ombre et le mystère qu'on devinait, là-bas, au fin fond, quand tout est sombre sous les hêtres. On était seuls, la plupart du temps, personne d'autre ne venait à la forêt, à l'étang (les temps ont bien changé : on loue des pédalos, maintenant, à Villecartier. Accessoirement, on a aussi massacré la forêt). Le grand silence, partout. Nos jeux, nos conversations. On a tous appris à nager ici, dans l'étang. La mer n'était pas loin : la première plage, c'était Cancale, à vingt-cinq kilomètres. Mais on n'était pas de la mer. On était de la campagne. La douce odeur de l'eau de l'étang, les nénuphars, les insectes, les branches de hêtres qui nous frôlaient, le soleil qui faisait des étincelles, c'était le paradis.

Parfois, on faisait un détour par ce qu'on appelait le camp normand. On avait découvert, en pleine forêt, de curieux vestiges : un fossé qui délimitait des fortifications, avec des tas de pierres sous la mousse. On s'était renseignés : on avait appris qu'à Trans, en 932, Alain Barbetorte, roi de Bretagne, avait battu l'envahisseur normand, le renvoyant une bonne fois pour toutes de l'autre côté du Couesnon. Ces vestiges, si ça se trouve, c'était le camp normand. On en rêvait, la tête pleine d'aventures, comme à la pierre taillée du parc, celle des druides. Il ne fallait pas grand-chose pour mettre le feu à notre imagination. On lisait plein de livres, on dévorait des tonnes d'illustrés, on vivait dans un monde de trésors cachés, d'oubliettes, de détectives, de mystérieux châtelains, d'enfants débrouillards et gonflés. Qui, bien sûr, nous ressemblaient comme deux gouttes d'eau. Sans oublier (remember Mortain !) la guerre, le débarquement, les SS et les Américains.

Mais il n'y avait pas que la forêt. Tout autour du bourg, dans la campagne, il y avait plein d'endroits bizarres, un château en ruine (celui de la Haute-Villarmois), dévoré par le lierre, les ronces, les orties, ; des fermes aux noms mystérieux (la petite Abbaye, la Grande Abbaye) qu'on allait voir le cœur battant, certains d'y retrouver la trace des Templiers ; des ruisseaux au creux des taillis, des moulins sur des rivières, des carrières désaffectées qu'on escaladait, des rochers aussitôt baptisés falaises, des villages perdus au bout de chemins de terre… Tout cet entrelacs de petites routes, sur des kilomètres à la ronde, c'était un véritable labyrinthe, on ne se lassait pas de les parcourir en tous sens, comme des aventuriers rêvant de la Toison d'or. On se perdait, on cherchait des raccourcis, on tombait sur des chemins creux tapis entre deux hauts talus, la voûte de chênes ou de châtaigniers au-dessus de la tête, c'était sombre, ça sentait la jungle, la forêt vierge, on marchait à l'aveuglette, sans avoir la moindre idée de là où on arriverait. Au fil des années, on avait peu à peu appris à se repérer, on s'était choisi quelques lieux privilégiés, comme des bases secrètes que nous étions, pensions-nous, les seuls à connaître, un royaume invisible. Ainsi, dans la forêt, ce ruisseau qui coulait au milieu d'un chaos de rochers, qu'on avait aussitôt baptisé « la vallée enchantée », comme dans les livres. Ou, sur la route de La Boussac, au lieu-dit Le Val, ce taillis au fond d'un creux : il fallait suivre un petit chemin invisible de la route, s'enfoncer sous les branches jusqu'à la clairière secrète où nous étions seuls au monde.

Trans était devenu un pays magique, un territoire entièrement investi par notre imagination, peuplé de nos rêves à nous, la bande d'enfants qui marchaient sur les routes. Les noms des villages, des fermes, étaient autant d'énigmes, de messages cryptés : la Croix Ban, Cruande, le Rocher Toc, les Potences, le Pas Cru, Ville Pican, la Croix de Bois, les Places, la Villaze, Lande Chauve… On s'enivrait de mystère, on s'inventait des millions d'histoires, tête au vent, les mains dans les poches, libres comme dans un rêve. À l'horizon, sur la route de Pleine-Fougères, il y avait le Mont-Saint-Michel. Quand il faisait très beau, on le distinguait à peine dans la brume de chaleur. Par mauvais temps, vent, pluie ou froid, on le voyait surgir au-dessus de la baie, si distinctement, si précisément qu'on aurait pu le toucher de la main. Le Mont-Saint-Michel était à lui seul un royaume, un réservoir inépuisable à songes, légendes, inventions de toutes sortes. Il y avait, dans un de nos illustrés, une histoire à suivre qui s'appelait *La Fée des grèves* et qui se passait précisément là, au Mont-Saint-Michel, sous nos yeux. Ça se mélangeait dans nos têtes, le Mont-Saint-

Michel qu'on voyait, qui tremblait dans la brume, sur la route de Pleine-Fougères, et ce lieu mythique d'une histoire inventée qui nous faisait battre le cœur. On habitait le centre du monde.

La vie au bourg, la vie au jour le jour, c'était d'abord l'école. À Trans, comme partout en Bretagne, il y avait évidemment deux écoles : l'école publique et l'école privée. On disait, à l'époque : l'école laïque et l'école libre. Ou encore, entre gosses du bourg, plus prosaïquement : les culs-rouges et les chouans. Tout était figé depuis la Révolution, je l'ai appris plus tard. Il y avait eu, dans la région de Dol, une grande bataille entre les Vendéens et l'armée de la République, conduite par Hoche. Résultat : victoire des Bleus contre les Blancs, des Républicains contre les Royalistes. Les paroisses, à l'époque, avaient choisi leur camp. Depuis, peu ou prou, la couleur était restée la même. À Trans, on avait été pour la Révolution. Trans était de gauche. Mais les deux pouvoirs, l'église et la mairie, s'équilibraient à peu près. Le recteur (en Bretagne, on n'a pas des curés mais des recteurs) avait autant de poids que le maire.

Résultat : on avait tout en double. Non seulement l'école, mais les magasins. Il y avait le boucher laïque et le boucher catho, le boulanger laïque et le boulanger catho, le cafetier laïque et le cafetier catho. Etc. S'agissait pas de se tromper. Tu changeais de boulangerie, aussitôt l'information se répandait dans le bourg, c'est que t'avais viré de bord. Forcément. Nous, notre famille, on était catholiques. Donc école libre. Donc magasins cathos. En clair : de droite. Le jour où on est tous devenus de gauche, la révolution dans le bourg. On continuait à aller dans les magasins cathos (on se connaissait tellement bien) tout en allant dans les magasins laïques. Tout le monde était sens dessus dessous. Ainsi s'écroulent les civilisations…

Nous, donc, c'était l'école libre. Attention, deux écoles : celle des filles et celle des garçons. Pas question de mélanger. L'instituteur, chez les garçons, était un prêtre. Le vicaire de la paroisse. Tout jeune, plein d'idées, pédagogie active et tout le tremblement. La chance de ma vie. L'école, c'était la classe unique. Tous mélangés, les petits avec les grands. Le but, c'était le certificat d'études. Sa méthode, au vicaire instituteur, c'était deux choses. Un : les grands apprennent aux petits. Deux : chacun travaille à son rythme. Chaque matin, il nous distribuait une fiche. C'était la feuille de route pour la journée. Il donnait des pistes, des points de repère. Et nous laissait nous débrouiller. On allait, bien sûr, plus ou moins vite. Dès qu'on avait fini, on pouvait passer à autre chose. Aider les petits, si on était un grand. Prendre un livre dans la bibliothèque. Potasser l'Histoire de France, la géographie, dans des beaux manuels pleins d'illustrations. Jamais de devoirs à la maison. La liberté, l'autonomie. Lui, pendant ce temps-là, le vicaire instituteur, il se consacrait à son deuxième boulot : la menuiserie. Il adorait bricoler, travailler le bois. Juste à côté de la salle de classe, il s'était installé un atelier. Alors il sciait, découpait, rabotait, clouait, collait, on entendait le boucan des machines, on sentait l'odeur de la sciure, pendant qu'on travaillait. De temps en temps, il venait voir comment ça se passait. Posait des questions. Donnait un coup de main. Puis retournait à ses machines. Il avait fabriqué de ses mains tous les bureaux de la classe. Avec un système de goupille sous le siège (pivotant) qui permettait au bureau de s'adapter à la taille de l'élève, au fur et à mesure qu'il grandissait. Pendant les récrés, il jouait au foot avec nous. Ou aux barres, au béret, au ballon prisonnier. Ou nous faisait construire des avions en bois d'allumette, avec un système d'hélice à élastique, on remontait l'hélice, on lâchait tout, l'avion décollait, volait trente secondes puis s'écrasait dans la cour. On recollait, on recommençait. Bien sûr, aussi, il pouvait être sévère, le vicaire. Il donnait des fessées avec ses mains larges comme des battoirs, qu'est-ce que ça faisait mal. Le plus terrible, c'était l'humiliation devant tous les autres. Fallait surtout pas pleurer. Sadique, le vicaire. Personne n'est parfait.

A part ça, c'était l'école de rêve. Classe unique, le travail à la carte, l'envie et le plaisir d'apprendre, l'odeur de la sciure, le poêle qui ronflait en hiver, ceux de la campagne (nous, on était du bourg) qui arrivaient pleins de givre et de neige après leur longue marche à pied. On avait des blouses grises, des sabots (les filles, des galoches) ou des socques, brodequins à semelles de bois sous lesquelles on clouait des bandes de caoutchouc. Quand j'ai lu *Le Grand Meaulnes*, j'ai tout reconnu, immédiatement. C'était mon école, mon village, mes histoires et mes légendes. C'était chez moi.

A Trans, dans le bourg, il y avait un forgeron. Tôt le matin, on était réveillés par le tintement du marteau sur l'enclume. On allait le voir, après l'école. Le gros soufflet, la flamme rouge dans la forge, l'odeur de corne brûlée, quand il clouait un fer sous le sabot d'un cheval, un bon vieux cheval de trait, tranquille, stoïque, les cheveux dans les yeux. La forge, on pouvait y rester des heures, tellement c'était fascinant. Les paysans attendaient, roulaient leur cigarette, discutaient avec le forgeron, on caressait le cheval, c'était un monde en rouge et noir qui n'avait pas changé depuis nos grands-pères, exactement comme dans nos livres de lecture, à l'école. Il y avait aussi un sabotier, qui faisait en même temps buvette. On le regardait tailler son morceau de bois, dessiner la forme, vider l'intérieur, raboter, affiner, avec toutes sortes d'outils étranges qui permettaient de sculpter le bout pointu et de graver, sur le sabot fini, les petites décorations qui étaient la signature du sabotier. Devant son atelier, il alignait les sabots et les galoches de toutes tailles, vernis, brillants, qui sentaient le neuf et donnaient envie de tout essayer, tout de suite. L'autre attraction, c'était le cordier, qui fabriquait des ficelles. Lui, on le voyait souvent : il était installé juste à côté d'un lopin de terre que louait ma mère pour y faire son potager. On venait biner, sarcler, arroser les radis, ramasser les haricots. Et on regardait le cordier fabriquer ses ficelles, selon un processus compliqué, mystérieux, que je n'ai jamais tout à fait compris.

Quand on voulait se faire couper les cheveux, on allait chez le menuisier. Le samedi soir, il changeait de métier, recevait dans sa cuisine. On s'asseyait autour de la table, en attendant notre tour. Le menuisier sortait sa tondeuse mécanique et il coupait tranquillement, en prenant tout son temps, la cigarette papier maïs aux lèvres, la cendre qui nous dégringolait dans le cou. Il coiffait les hommes, exclusivement. Les vieux buvaient un coup, fumaient, discutaient, racontaient tous les potins du bourg, se rappelaient de vieilles histoires de famille, de fermes, de clôtures. Nous, les enfants, on écoutait, fascinés. Fallait surtout pas être pressés. On ressortait de la cuisine du menuisier à la nuit noire, la tête bien fraîche : son style, au menuisier, c'était la coupe au bol, bien dégagé très haut sur les oreilles et dans la nuque. Quand on rentrait à la maison, les autres se moquaient de nous. Pas grave : ils y passeraient à leur tour.

Tôt le matin arrivaient les cantonniers, qui venaient retrouver notre père. Ils discutaient du chantier en cours, mangeaient de la charcuterie et puis partaient, à vélo ou en mobylette. Parfois, la goudronneuse s'arrêtait devant la maison. Ça sentait fort, âcre, ça prenait à la gorge, ça montait à la tête, c'était devenu une odeur familière, comme celle de la corne brûlée chez le forgeron.

L'autre odeur, c'était celle de la couenne de cochon ébouillantée. Juste à côté de la maison, il y avait un boucher, qui possédait son propre abattoir. On était tout le temps fourrés chez lui, dans sa cour, à le regarder tuer les bêtes. Bien sûr, ça impressionnait, mais, à force, on s'habituait. Lui, ce qu'il ne supportait pas, c'était de tuer des agneaux. Il pleurait, quand il tuait des agneaux.

Le reste, les veaux, les cochons, c'était son boulot et on adorait se faire peur en le regardant faire son boulot.

Mais la cour du boucher, c'était aussi le rite de la lessiveuse. Ma mère faisait bouillir le linge dans une grande lessiveuse sous laquelle brûlait un feu d'enfer et c'était là, dans la cour du boucher, qu'elle pouvait le faire tranquillement. Ça prenait le temps qu'il fallait, surtout les draps. Après, il fallait aller laver le linge au doué, comme on appelait le lavoir. Un kilomètre à pied, à pousser la brouette pleine de linge. Un kilomètre pour revenir. Au doué, une mare en plein champ avec un petit abri en tôle, ma mère s'agenouillait dans une caisse en bois garnie de paille et savonnait, frappait le linge avec le battoir, savonnait, rinçait, frappait, rinçait, tordait… Ça fait très image d'Épinal, le lavoir à l'ancienne, vieille tradition de nos belles campagnes. Mais ma mère, ça ne la faisait pas tellement rêver. Qu'il pleuve, qu'il vente, il fallait aller au doué, pousser la brouette, s'agenouiller, savonner, frotter, frapper, revenir en poussant la brouette. Pendant les vacances, on l'accompagnait, on passait l'après-midi avec elle. Pour nous, c'était une aventure de plus. Dans le champ près du doué, on jouait, on lisait, on discutait. Elle, ça la distrayait, ça l'aidait à passer le temps. Comme les autres lavandières qu'elle rencontrait parfois au doué et avec qui elle faisait la conversation. Au retour, on poussait la brouette à tour de rôle. Et puis on étendait le linge avec elle, dans la cour, on se cachait sous les draps qui sentaient l'herbe, les arbres et le savon de Marseille.

On n'avait pas d'argent, mais on n'était pas pauvres. Les pauvres, on savait qui c'était, ce que ça voulait dire. Eux n'avaient rien, vivaient misérablement. Nous, on n'a jamais manqué de rien d'essentiel. La seule chose, c'est que plus la fin du mois approchait, moins on pouvait payer. Chez l'épicier, chez le boulanger, on disait : « Maman paiera demain. » C'était la formule cryptée, dont personne n'était dupe, pas plus nous que les commerçants. Ça voulait dire qu'on ne pouvait plus payer, qu'il fallait nous faire crédit. Jusqu'à ce que la paye arrive. On avait un peu honte, devant les autres clients, de dire « Maman paiera demain ». Mais ce n'était pas grave. Pas vraiment. Je revois aussi ma mère chez Thierry, le magasin de vêtements de Pontorson, qui faisait des prix pour les familles nombreuses, quand il fallait nous habiller, pour la rentrée. Bien sûr, on recyclait au maximum. L'avantage d'être une famille nombreuse, c'est qu'on porte les habits les uns des autres, au fur et à mesure qu'on grandit. Évidemment, quand ça arrivait à moi (quatrième garçon sur cinq), c'était un peu usé, défraîchi, rapiécé. Sans parler de la mode (dont personne ne parlait). Mais, bon. Et puis ma sœur Alice, après son certificat, avait appris le métier de couturière. Monique, elle, tricotait comme une pro. À elles deux et avec ma mère, qui reprisait tout ce qu'elle pouvait, elles assuraient le courant. Reste qu'il fallait bien, de temps en temps, acheter du neuf. Alors je revois ma mère à Pontorson, chez Thierry, songeuse, le doigt sur la bouche, réfléchissant au contenu de son porte-monnaie, regardant la veste qu'il faudrait bien m'acheter. Elle discute avec le vendeur, essaie d'obtenir un rabais, demande à payer en plusieurs fois, voudrait savoir s'il n'y aurait pas, pour un peu moins cher, une qualité voisine. Ma mère, chez Thierry, à Pontorson, le doigt sur la bouche. Songeuse.

Un jour, l'eau courante est arrivée. Toute une équipe a débarqué, ingénieur, contremaîtres, ouvriers. Pendant un mois, ils ont investi Trans pour creuser les tranchées, poser les tuyaux, faire les raccordements, bâtir le château d'eau. On jouait au foot avec eux, sur le terrain communal. C'était comme un grand courant d'air frais qui nous arrivait d'ailleurs, tous ces jeunes gens gais, pleins d'entrain, qui allaient de bourg en bourg apporter cette merveille : l'eau courante. Avec eux, Trans, d'un seul coup, changeait d'époque. On devenait modernes. On n'était plus seulement un petit trou perdu. On voyait avancer le progrès, jour après jour, au fur et à mesure que les longs tuyaux noirs arrivaient au cœur du bourg. Et puis un jour, on nous a posé l'évier. Et le robinet. On a ouvert : l'eau s'est mise à couler. Chacun à tour de rôle, on a voulu essayer. Moquez-vous : un miracle, un vrai. Plus besoin d'aller chercher l'eau au puits ou à la pompe. Cet évier blanc tout neuf, ce robinet chromé, l'eau à volonté : pendant des jours, en entrant dans la cuisine, le matin, je n'arrivais toujours pas à y croire. C'était uniquement de l'eau froide, bien sûr. On n'avait toujours pas de douche, ni de salle de bains. Ni de wc. On se lavait toujours dans la cuisine. Mais ça n'avait plus rien à voir.

Le grand décrassage, pour nous les petits, c'était le samedi soir. Notre mère faisait chauffer de l'eau sur la cuisinière, la versait dans la lessiveuse et hop, à tour de rôle, on sautait dedans. Cachés, tout de même, derrière un paravent. Au cas où des gens seraient entrés, comme ça arrivait souvent le samedi soir, voisins, copains des uns ou des autres. Les visites du samedi soir, les conversations autour de la table, les blagues, les rires, les commentaires ironiques sur celui qui rentrait de chez le menuisier, tondu de frais, les bolées de cidre, les tasses de café… Les rires, surtout. Le samedi soir, c'était la fête. Toute la famille et les amis. Un soir, je me souviens, un type est entré, sans frapper à la porte, il a dit bonjour, il s'est assis à la table, il a demandé un verre de vin. Ma mère l'a servi, le type a bu son coup, s'est essuyé la moustache, a sorti son porte-monnaie et a demandé « combien je vous dois ? ». Il croyait que la maison était toujours un café, comme elle l'avait été, jadis, avant notre arrivée à Trans. Il n'était pas passé par là depuis des années, mais il n'avait rien remarqué d'anormal. Il était entré, il avait vu du monde, il avait demandé son coup de rouge. Et ma mère, qui ne l'avait jamais vu, l'a servi, sans poser de questions. La maison à Trans, c'était ça : on pousse la porte, on est chez soi.

Mais la vraie fête, c'étaient les retours des uns et des autres. Henri, après son certificat d'études, à quatorze ans, s'était fait engager comme apprenti chez un garagiste à La Boussac. Six kilomètres à vélo, matin et soir. Puis, au bout de quelques années, il est devenu mécano à Combourg. Là, il a trouvé à se loger. Il rentrait tous les samedis soir. Marie-Annick puis, plus tard, Agnès étaient en pension à Avranches, elles rentraient tous les quinze jours. Jean, lui, ne revenait que pour les vacances. Plus tard, Jacques, à son tour, est devenu pensionnaire à Dinan. Leurs retours, aux uns et aux autres, quel charivari ! Ils avaient tous plein d'histoires à raconter, des histoires de dortoirs, de profs sadiques, de chahuts d'enfer, ils parlaient une langue bizarre, pleine de références à leurs cours, aux rites du pensionnat. Nous, les petits, on les écoutait bouche bée, on était au spectacle. Nos petites histoires de cours de récré, les derniers potins de Trans, tout ça nous paraissait tellement dérisoire, à côté de cette vie magique à la ville, en pension, avec ses aventures, ses intrigues, ses rebondissements, ses secrets... Je savais que, bientôt, ça allait être mon tour, je brûlais d'impatience. Je singeais mes frères et sœurs, j'essayais de parler comme eux, je me rêvais pensionnaire. Mais Jacques, je me souviens, m'avait dit, seul à seul : « Tu ne connais pas ton bonheur, ici, à Trans ; la pension, quel cafard... »

En attendant, j'étais enfant de chœur. Ça aussi, qu'est-ce que j'avais pu en rêver ! Briller dans le chœur de l'église, devant tout le bourg, en soutane rouge et surplis blanc, manipuler l'encensoir, le goupillon, connaître par cœur tous les gestes, tous les rites, faire partie de ce grand ballet sacré, devenir un pro de la grand-messe... Il faut dire que la messe, celle du dimanche à onze heures, avec Marie-Ange Mouton, la fille du café-bazar, qui jouait de l'harmonium et Amand Boucher, le cordonnier, debout près d'elle, qui chantait de sa formidable voix de ténor, et le sermon du recteur, là-haut, dans la chaire, et tout ce cérémonial de salutations, de génuflexions, de grands signes de croix, de chasubles et de vapeurs d'encens, c'était, de très loin, le plus extraordinaire spectacle de Trans, qui se jouait presque à guichets fermés. Les enfants devant, les femmes derrière, les hommes dans une chapelle latérale, le Comte, la Comtesse et leur progéniture au tout premier rang, dans un enclos spécial, les odeurs de cirage et de brillantine, les costumes du dimanche, les effets de toilettes et de chapeaux, les cantiques balancés à tue-tête pendant que le soleil traversait les vitraux, quelle fête, mon Dieu, quelle formidable fête… Les esprits forts, ceux qui ne pratiquaient pas, attendaient au bistrot d'en face et, à la sortie de la messe, rejoignaient tout le monde sur la place de l'église, pour échanger les potins, prendre des nouvelles des uns et des autres, balancer quelques blagues.

Nous, les enfants, ça nous fascinait tellement qu'un de nos jeux préférés, à la maison, c'était de jouer à la messe. Le rôle du prêtre, c'était Jacques ou moi. On se fabriquait des chasubles avec de vieux rideaux, on connaissait les gestes par cœur, on baragouinait un latin approximatif. Jacques se réservait le sermon, il était imbattable pour décrire les tourments de l'enfer, le diable, sa fourche et le feu qui nous brûlait, encore mieux que le recteur en chaire. Agnès jouait le rôle de Marie-Ange Mouton, la fille du café-bazar, à l'harmonium. Madeleine était la chorale. Et Bernard faisait l'enfant de chœur.

Un jour, finalement, ça a été pour de vrai. Après toute une période d'essais, de répétitions, j'ai été intronisé enfant de chœur. Pour limiter les risques, le recteur avait décidé que le cadre de ma première prestation professionnelle serait la messe de huit heures du matin, un dimanche. J'étais un peu vexé, ça ne valait pas la grand-messe, avec toute sa pompe et, surtout, son immense public. Mais, bon. Enfin revêtu de la soutane rouge et du surplis blanc, j'ai fait mon entrée dans le chœur, le regard pénétré, les mains jointes, devant le recteur portant le précieux calice. Au début, tout s'est parfaitement déroulé. J'avais répété à mort, je connaissais tout par cœur. Jusqu'à ce grand moment de la vie d'enfant de chœur : le changement de côté de l'énorme missel sur son énorme lutrin, entre l'épître et l'évangile, avec génuflexion à la clé au bas de l'autel. D'une main ferme, j'ai saisi le missel et le lutrin et, en regardant l'assistance, fier comme Artaban, j'ai descendu les marches de l'autel. Et là, horreur, je me suis pris les pieds dans ma soutane, j'ai perdu l'équilibre et, avant de me ramasser par terre, j'ai envoyé valdinguer l'énorme missel et l'énorme lutrin à travers le chœur, jusqu'au premier rang de l'assistance (qui, heureusement, était des plus réduites : vous imaginez la honte, en pleine grand-messe ?). Tout le monde a rigolé, sauf moi, aussi rouge que ma soutane. Ces débuts fracassants ne m'ont pas empêché de devenir, par la suite, un enfant de chœur modèle. Ce que je préférais :

verser l'encens sur les charbons incandescents et voir monter la fumée vers les vitraux, sentir l'odeur enivrante de l'encens, avant de me lancer dans de savants mouvements d'encensoir, qui faisait cling-cling dans le grand silence dominical…

Mais il n'y avait pas que l'encensoir et la messe du dimanche. Parfois, tôt le matin, avant de partir à l'école, il fallait, comme disait le recteur, « aller porter le bon Dieu ». En clair : apporter l'extrême-onction à un mourant. Alors on partait à pied tous les deux, dans l'aube froide, le recteur tenant le ciboire et les saintes huiles et moi le précédant, brandissant une lanterne allumée qui prévenait tout le monde que nous allions porter le bon Dieu. Les gens s'arrêtaient en nous voyant, faisaient le signe de croix. On marchait parfois longtemps, par des chemins boueux, jusqu'à des fermes perdues où la famille nous accueillait, nous faisait entrer dans la chambre du mourant. Il faisait froid, c'était triste, c'était sale, le mourant décharné nous regardait avec des yeux fous, j'avais peur, j'avais froid, je voulais sortir dehors, courir dans les champs, j'avais envie de hurler : laissez-moi, j'ai huit ans et je ne veux pas mourir !

Et puis je suis devenu pensionnaire, à mon tour. J'ai passé l'examen pour obtenir une bourse, à Saint-Malo. J'avais dix ans et demi. Et en octobre, à la rentrée, j'ai rejoint Jacques à Dinan, tout excité. À moi la grande aventure ! Mais c'est Jacques qui avait raison : dès le premier soir, dans ce grand dortoir aux tristes lits de métal froid, j'ai eu un cafard noir. Pourquoi n'étais-je pas à Trans, dans la cuisine, à lire tranquillement, bien au chaud, avec la famille ? Qu'est-ce que je faisais dans cet endroit sinistre où, à part Jacques, je ne connaissais personne, avec ce pion, dans la chambre à côté, qui nous avait à l'œil et qui, à l'aube, le lendemain, nous réveillerait en frappant dans ses mains ? Faites, Seigneur, que ce soit un rêve, un cauchemar, que je me réveille à Trans, dans la maison, que je parte jouer dans la cour, que je retrouve les poules, les lapins, que j'aille chercher le lait à la ferme avec Bernard et Madeleine, qu'on parte se promener à la forêt, à l'étang de Villecartier… Mais Dieu faisait la sourde oreille, Dieu avait autre chose à faire. Chaque matin, je me réveillais dans le dortoir. J'avais voulu être au pensionnat, comme les grands. J'y étais.

Et ce n'était pas un de ces pensionnats pour amateurs, qui revenaient chez eux tous les samedis soir. Nous, on ne rentrait à la maison que pour les vacances. Des mois sans revoir Trans, la maison, la famille ! Évidemment, le côté positif, c'est que, quand enfin on revenait, c'était la fête. On avait tellement attendu, tellement rêvé ce moment. Mais il fallait encore y arriver, à Trans.

On prenait le train, Jacques et moi, jusqu'à Dol. Après, il fallait qu'on se débrouille. De Dol à Trans : quinze kilomètres. Avec nos valises. Alors, on faisait du stop. Ça marchait plus ou moins bien. Des fois, on attendait des heures à la sortie de Dol ou de La Boussac, on trépignait de rage : tout ce précieux temps perdu, alors qu'on avait tellement de choses à faire, à Trans, et si peu de jours devant nous. À peine arrivés, on retrouvait les autres, on se précipitait dehors, sur nos petites routes perdues, vers nos lieux secrets, nos villages mystérieux. On lisait, on rattrapait notre retard d'illustrés. On partait en forêt, à l'étang de Villecartier. Et puis le compte à rebours commençait. Et il fallait reprendre le train. Henri, qui avait passé son permis, nous emmenait en 2 CV à la gare de Dol. Le train pour Dinan : 17 h 51, quai B voie 2. Toute ma vie, j'ai gardé ça en tête, jamais je ne l'oublierai : 17 h 51, quai B voie 2. Le retour au dortoir. Le retour du cafard.

Mais qu'est-ce que c'était, ce cafard, à côté de ce qui me rongeait jour après jour, nuit après nuit, et dont il me faut maintenant parler ? Tout se paie. Le bonheur à Trans, ce bonheur que j'ai bu jusqu'à la dernière goutte, était un mensonge. Il y avait, à l'intérieur de ce bonheur, un malheur plus grand encore. Et je ne sais pas si je vais trouver les mots pour avancer, dire l'enfer du paradis terrestre. J'ai compris un jour deux choses, peu de temps après notre installation à Trans : mon père et ma mère ne s'aimaient plus. Mon père buvait. C'était la mort de l'amour, c'était la mort à l'œuvre.

Je vais maintenant aller à pas comptés, je marche au bord d'un gouffre. J'ai retrouvé dans mes papiers ces quelques lignes que j'ai écrites il y a longtemps, je ne sais plus quand, alors que j'essayais, en vain, de faire ce récit que, jusqu'à aujourd'hui, je n'ai jamais pu mener à bien :

« Alors c'était le soir et nous savions qu'il allait rentrer. Le silence, autour de la table. Un rire nerveux. Le bruit de sa mobylette. Et l'orage dans ma tête. Il était ivre. Ou faisait semblant. Bousculait une chaise, s'asseyait, demandait sa soupe. Et tout recommençait. »

Tout : l'horreur tous les jours. Je ne sais pas ce qui s'est passé, entre mes parents, je ne le saurai jamais. Je ne suis pas capable d'expliquer. Je n'en ai pas envie. Je n'ai pas voulu savoir qui avait tort, qui avait raison. Mon père buvait-il parce qu'il n'y avait plus d'amour entre eux ? Ou l'amour était-il mort parce qu'il buvait ? Un enfant ne peut pas se poser ces questions-là. Ce que je voyais, ce que je vivais, c'était ce mur de haine entre eux, ce gouffre où nous allions tous nous perdre. Tous les soirs, quand mon père rentrait, c'était la guerre qui reprenait : les cris, les insultes, parfois les coups entre eux, l'effroi qui nous glaçait, la descente au fond d'un cauchemar noir. Qu'est-ce qu'on pouvait dire, qu'est-ce qu'on pouvait faire, nous les enfants ? Cette haine, ce désespoir qui habitaient nos parents, comment lutter contre ça, comment faire que ça n'existe plus, que tout redevienne comme avant ? Qui avait la clé du paradis perdu, qui avait la baguette magique ? Le soir, nuit après nuit, dans le secret de mon lit, à la maison ou en pension, je répétais comme une incantation cette prière à laquelle je voulais croire : « Faites, Seigneur, que mes parents s'entendent. » Dans le noir, dans le vide, paroles dérisoires auxquelles je m'accrochais, pour me donner du courage. Mais rien, jamais, n'est arrivé. Toujours la guerre, toujours la haine.

Alors, pour survivre, pour se protéger, on s'est enfermés dans notre bonheur à nous, les enfants. Nos rites, nos jeux, notre monde enchanté. C'était une bulle de bonheur pour oublier, pour faire comme si. C'est ce que je me dis, aujourd'hui. Pour essayer de comprendre comment ça marchait dans notre tête. Comment l'enfance peut être à ce point coupée en deux, comme divorcée d'elle-même. Une frénésie de bonheur, goûter chaque minute de chaque jour. Et le monde qui s'écroule, chaque soir. Vivre intensément, tous ensemble, dans la chaleur de la tribu, quand tout n'est que cendres, au cœur même de la famille. Combien de temps tout cela peut-il tenir ? À quel prix, pour chacun d'entre nous ?

Le jour de ma communion solennelle, à dix ans et demi, avant de partir en pension, j'ai frôlé le gouffre de très près. C'était la fête, le grand soleil, toute la famille au grand complet était là, oncles et tantes venus de partout, mon parrain venu de Mortain, le fiancé de ma sœur Alice. C'était la dernière fête à Trans, avant mon départ en pension, à la rentrée. La grand-messe, les cadeaux, le repas, les rires, les blagues, tout ce qui circule dans une famille, connivence, histoires anciennes, souvenirs de Mortain, du Teilleul… J'étais heureux d'une façon presque insoutenable, c'était comme un adieu à mon enfance à Trans, sans rien de mélancolique : un passage, une autre étape, entouré de la chaleur de tous. Et puis, dans la soirée, mon père, ivre, s'est pris de querelle avec un oncle, il y a eu des cris, des gestes violents, un brouhaha de chaises renversées. La fête s'est brusquement terminée, les oncles et tantes sont partis dans un grand silence, mes frères et sœurs ne trouvaient plus les mots, c'était soudain comme un deuil, un enterrement. On est venu m'embrasser, me consoler, mais ça ne servait à rien, jamais je ne m'étais senti aussi désespéré, aussi glacé à l'intérieur. Je n'en voulais à personne, je ne savais pas qui maudire. Je savais seulement que quelque chose était fini. Et ma formule magique, ce soir-là, dans mon lit, et toutes les nuits à venir, ce ne sera jamais que du désespoir en plus.

Mon père m'était un étranger. J'aurais aimé l'aimer, mais comment faire si on ne sait presque rien l'un de l'autre, si on ne se connaît pas ? Je le voyais partir le matin avec les cantonniers, pour le chantier du jour. Au fil des années, il rentrait de plus en plus tard, le soir. Parfois très tard, quand nous étions déjà couchés. Pour éviter de rallumer la guerre, sans doute. Je ne crois pas avoir eu avec lui un seul bavardage d'enfant, une seule discussion d'adolescent. En tout cas, je n'en ai gardé aucun souvenir. J'ai cette image, précieuse entre toutes, d'un jeu, un soir, autour de la table de la cuisine, je devais avoir sept ou huit ans. Je courais autour de la table et mon père jouait à essayer de m'attraper. Il était assis sur sa chaise, il souriait, je courais et je riais comme un miraculé, comme quelqu'un qui ne croit pas à sa chance : jamais je n'avais ainsi joué avec mon père. J'aurais aimé que ça dure des heures, que ça recommence le lendemain et encore le jour d'après. Et puis, d'un seul coup, le charme s'est brisé : la guerre est repartie entre mon père et ma mère, les cris, les insultes. Le jeu s'est arrêté, comme un fil cassé net, et n'a jamais repris. C'était trop beau, aussi.

J'ai deux autres souvenirs avec mon père. Un jour, il est venu à Dinan pour nous rendre visite, à Jacques et moi. D'habitude, c'était ma mère qui venait. Oh, ces visites aux pensionnaires perdus de cafard dans les dortoirs ! Ma mère ne venait qu'à quelques reprises dans l'année, elle faisait le voyage avec le boucher de Trans, notre voisin, qui allait acheter des bêtes au marché de Dinan, le jeudi. Ce n'était que quelques heures, pas grand-chose, mais on en rêvait des jours à l'avance, on s'en souvenait pendant des jours et des jours. C'était à la fois intense et cruel : on savait que ça ne durerait qu'un instant, qu'on aurait d'autant plus le cafard, le soir, en pensant à Trans, la maison, la famille. À tout ce qui nous manquait. C'était comme un rappel du désespoir silencieux des jours de rentrée, après les grandes vacances : vos parents vous ont accompagné, ils ont porté votre valise dans le dortoir, ils ont fait le tour du pensionnat, ils se sont forcés à rire, à plaisanter. Et ils sont partis. Vous restez avec les autres, avec les orphelins des jours de rentrée. C'est la fin de l'été. C'est la fin des grandes vacances. Toute cette année de dortoir devant vous. L'automne, l'hiver, le froid, les réveils dans la nuit. Alors on se force à faire comme si, on lance un ballon dans la cour, on joue avec rage, presque avec colère, en attendant la sonnerie de la cloche et le premier repas au réfectoire, alors que là-bas, à Trans, il y a la soupe sur la table, sous la lumière de la suspension…

Un jour, donc, mon père est venu, en mobylette. Je devais avoir douze ans. On s'est promenés, Jacques et moi, dans les rues de Dinan, avec lui. C'était la première fois que je me promenais avec mon père, en dehors des rares fois où il se joignait aux balades familiales, à Trans. Il souriait, il avait l'air content de son coup. Il nous a emmenés dans un bistrot, il a pris, je crois, un verre de cidre. Il connaissait le patron, ils plaisantaient ensemble. Je suis incapable de me souvenir de quoi nous avons parlé. Des cours et des profs, je suppose, des matières qu'on préférait, ce genre de choses. Rien de personnel, sûrement. Ni de notre part, ni de la sienne. Une seule et unique occasion de mieux se connaître. Et voilà : rien. Deux heures, peut-être, à marcher dans les rues de Dinan, à boire au bistrot. Et voilà, c'est fini. Pour la vie. Sauf que c'était déjà quelque chose, d'être seuls, Jacques et moi, avec lui. C'était comme un rêve étrange, de marcher avec cet homme qui souriait et qui était notre père. Dont nous ne savions rien d'intime, de personnel. Pourquoi les choses se passent-elles ainsi ? Pourquoi votre père reste-t-il, jusqu'au bout, un étranger ? Pourquoi est-il cet homme qui part le matin sur les chantiers avec les cantonniers et qui ne rentre tard le soir que pour rallumer la guerre ? Je n'ai jamais pris de vacances avec lui. De toute façon, je n'ai jamais pris de vacances avec mes parents. Je ne les ai jamais vus prendre de vacances, partir quelque part en vacances. Des vacances en famille ailleurs qu'à Trans, je ne sais pas ce que c'est. Où serait-on allés ? Qu'aurions-nous pu nous payer ? C'est quelque chose que je lisais dans les livres : des départs en voiture, en train, pour se retrouver ensemble dans un hôtel, une location, au bord de la mer, à la montagne. C'était dans les livres. Ce n'était pas pour nous.

Plus tard, un ou deux ans plus tard, je suis allé voir mon père à l'hôpital de Saint-Malo, avec Jacques. Il était soigné pour une méchante blessure au pied, qui s'était réveillée. Jadis, à Meillac, à la ferme familiale, un cheval lui avait marché sur le pied. C'est cette vieille blessure qui s'était soudain infectée. Et là, ce jour-là, à l'hôpital, j'ai vu quelque chose d'étonnant, qui ne s'est jamais effacé de ma mémoire. Dans la chambre, il y avait plusieurs malades, des hommes de l'âge de mon père. Mon père nous les a présentés. Il s'est mis à blaguer, à rire avec eux. Et j'ai vu qu'il les faisait rire, qu'il était très populaire, qu'ils l'aimaient bien. J'ai gardé ça comme un secret en moi : mon père était drôle, il avait de l'humour, les gens l'aimaient bien. Je l'avais déjà entendu dire à Trans par les cantonniers, quelques bribes de confidences, comme quoi ils avaient du plaisir à travailler avec mon père. Ou par ceux du comité des fêtes, que mon père avait créé. Là, je le voyais, je l'entendais : je découvrais quelqu'un d'autre, qui m'était inconnu. À Trans, à la maison, c'était celui par qui la guerre arrivait. C'était les cris, les hurlements. Ici, dans cette chambre d'hôpital, c'était celui qui faisait rire, avec qui on aimait blaguer. Soudain, je voyais tout ce que j'avais manqué, tout ce qui m'avait manqué. Je ne connaissais pas cet homme-là, ce père-là. J'aurais pu rire avec lui, plaisanter, découvrir le monde avec lui. Mais non. Ça ne s'était pas passé comme ça. Et puis c'était trop tard. Les jeux étaient faits. A Trans, quand je revenais en vacances, c'était de pire en pire. On était prisonniers d'une histoire qui nous dépassait. Impossible de remonter le temps, de repartir de zéro, d'essayer autre chose, de casser cette mécanique qui nous entraînait, nous broyait. Je ne connaîtrais jamais mon père.

Ce que je savais de lui, finalement, c'était un lieu, une maison : Chantepie, à Meillac, près de Combourg. La maison de ses parents, de son enfance, où on allait souvent. Une maison d'une seule pièce, avec deux grands lits, une table, une cheminée. Et un appentis à côté, une espèce de grenier, où on pouvait dormir. On y allait souvent parce qu'y habitait toujours notre grand-mère, la mère de mon père. Le seul de nos grands-parents toujours vivants. Une adorable petite vieille toute rabougrie, drôle, pleine d'entrain. Je n'ai pas connu un seul de mes grands-pères, à cause de la guerre de 14 et de ses suites. Je n'ai pas connu, non plus, la mère de ma mère. À croire qu'on meurt jeune dans la famille, me disais-je. Avec ma grand-mère paternelle, à Chantepie, vivait aussi Rosalie, la sœur de mon père. Son frère Jean, qui était prêtre, y venait aussi très souvent.

Son autre sœur, Anne-Marie, s'était installée, après son mariage, à quelques kilomètres, à Combourg, dans une ferme en lisière du parc du château. Oui, celui de Chateaubriand. On allait souvent chez elle, pendant les vacances. On dormait dans le grenier, sur la paille. On gardait les vaches et les cochons. « Garder », en ce qui me concerne, est peut-être un bien grand mot. Je gardais les vaches d'un œil, en faisant autre chose. En lisant, en rêvant, en oubliant que je gardais des vaches. Lesquelles comprenaient vite qu'elles n'étaient que virtuellement gardées et s'échappaient tranquillement, paisiblement de la pâture. Le temps que je m'en aperçoive, elles avaient regagné l'étable. En tout début d'après-midi, ça se remarque, dans une ferme. Ce qui fait que j'avais vite acquis, disons, une certaine réputation. Avec les cochons, c'était pire : j'en avais une peur bleue. C'étaient des grosses truies, des truies gigantesques, méchantes, sadiques, qui cherchaient à me mordre les mollets. Pour leur échapper, je n'avais qu'une seule solution : grimper dans un arbre. J'avais l'air malin, dans mon arbre, à soi-disant garder des cochons qui se foutaient de ma gueule. Sinon, il y avait la moisson et, surtout, les repas de batterie qui duraient des heures, avec les fermiers des environs venus donner un coup de main.

De l'autre côté de la cour, c'était le parc du château. J'avais lu les passages les plus carabinés des *Mémoires d'outre-tombe*, le petit Chateaubriand tremblant de peur dans la tour du château, l'histoire du fantôme, de la jambe de bois. Je me sentais un peu de la famille à force de le voir, le château, au bout du parc. Je me sentais Chateaubriand. En plus, il avait fait ses études à Dinan, comme moi. Aux Cordeliers, comme moi. J'avais lu sous sa plume cette phrase mélancolique, où il disait son arrachement d'avoir dû quitter les lieux de son enfance, les bois de Combourg : « Tous mes jours sont des adieux. » Pourquoi faut-il dire adieu, dès son enfance, à tout ce qu'on aime ? Pourquoi les choses se défont-elles, pourquoi tout s'en va-t-il ?

Ma grand-mère, mon oncle et mes tantes : c'était la famille de mon père. C'était chaleureux, comme cette vieille maison pleine de souvenirs, d'histoires, de récits qui tissaient la légende familiale. On y parlait patois, c'était une autre langue, pleine de tournures, de vieux mots qui nous enchantaient, nous faisaient rire (aujourd'hui, ça s'appelle le gallo et c'est enseigné à l'université, parfaitement). C'était chaleureux, mais c'était aussi incroyablement lourd, pesant, étouffant, pour nous les enfants. À cause, justement, de tous ces souvenirs, de toutes ces histoires de famille. On ressassait, on rabâchait, toujours les mêmes histoires, les mêmes souvenirs. Il y avait de vieilles photos dans des cadres, sur le buffet, il fallait entendre raconter qui était qui, pour la centième, la millième fois. Cette famille, la famille de mon père, j'avais l'impression qu'elle ne s'intéressait qu'au passé, aux histoires du passé. Dans cette petite maison que pourtant j'adorais, avec son jardin sauvage, ses poules, ses lapins, j'avais l'impression que j'allais étouffer sous le poids du passé. Je me disais que plus tard, quand je serais grand, jamais je n'embêterais les autres avec mes histoires de famille, avec mes oncles et mes tantes, mes grands-mères, mes grands-pères, mes cousines ou mes cousins. Le résultat, c'est que j'ai fini par ne plus écouter ce qu'on me racontait. Et que je ne sais presque rien de l'histoire de ma famille, de mon père. Ça m'encombrait la mémoire, toutes ces histoires de vieux. J'ai fait le vide. Je m'en veux, aujourd'hui. J'en saurais peut-être plus sur mon père. J'aurais peut-être su comment lui parler, comment l'écouter. Trop tard.

Et puis, l'année de mes quinze ans, mon père est tombé malade. Le médecin de Pleine-Fougères est venu l'examiner, à la maison. Je ne sais pas ce qu'il lui a dit, ce qu'il a dit à ma mère. J'étais à Dinan, au pensionnat. J'ai su, simplement, que mon père ne pouvait plus se lever, qu'il fallait qu'il reste couché. Aux vacances qui ont suivi, je l'ai vu dans son lit, en bas, dans la « chambre des garçons ». J'ai trouvé qu'il avait l'air d'un vieillard. Il avait l'âge que j'ai aujourd'hui. Cinquante-trois ans. Il souriait, me disait que tout allait bien, qu'il serait vite sur pied. Mais on voyait de plus en plus souvent le médecin de Pleine-Fougères, qui avait l'air de plus en plus soucieux. Ce père qui nous était devenu, à nous, les frères et sœurs, de plus en plus étranger, qui était celui qui apportait la guerre, le soir, voici que nous avions envie de lui dire que nous l'aimions. Je me souviens que, cet été-là, j'étais allé dans un camp pour adolescents, avec Jacques et Bernard, dans les Pyrénées. Juste avant le retour, à l'heure de l'achat des souvenirs, nous avions discuté du cadeau pour notre père. Je crois bien que c'était la première fois qu'on lui achetait un cadeau. On avait choisi un beau couteau, solide, rustique, on se disait que ça lui plairait, qu'il aimerait avoir ce couteau dans sa poche. En fait, on avait surtout envie de croire qu'il s'en servirait, de ce couteau, qu'il en aurait l'usage pour des années et des années. Et donc qu'il vivrait. L'achat de ce couteau, c'était notre façon de nous dire et de lui dire qu'on l'aimait, qu'on ne voulait pas qu'il meure. On ne se le disait pas ouvertement, mais gauchement, maladroitement. Comme trois frères qui n'avaient jamais voulu parler, entre eux, du naufrage de l'amour, de la mort de l'amour, au cœur de la famille, entre nos parents. Qui gardaient le silence, qui souffraient en silence, chacun pour son compte, qui n'osaient pas parler de ce père qui s'éloignait, dont ils s'éloignaient. De retour à Trans, on lui a donné le couteau, comme un signe que tout allait recommencer, que tout allait changer, pour lui et pour nous. Il a souri, il a pris le couteau, mais son sourire disait que c'était trop tard.

Peu de temps après, un dimanche, le jour de son anniversaire, il a demandé à recevoir l'extrême-onction. Je me souvenais de l'époque où, enfant de chœur, j'accompagnais le recteur dans l'aube froide, sur des routes perdues, pour aller « porter le bon Dieu » dans des fermes déjà habitées par la mort. Cette fois, c'était chez nous. Mais je ne voulais pas y croire, je me disais que ça n'avait rien à voir. Mon père avait envie de voir le prêtre et de communier, voilà tout. Ça ne voulait rien dire de plus, me disait Jacques, pourquoi parler d'extrême-onction, de « sacrement des mourants » ? Je l'écoutais, je pensais comme lui. Après le départ du prêtre, mon père, redressé contre ses oreillers, nous a demandé de venir dans la chambre, de nous regrouper autour de son lit, nous tous, les enfants. Et à chacun d'entre nous, il a dit quelques mots d'adieu. C'est moi qui, aujourd'hui, écris « mots d'adieu », parce que, plus tard, c'est ainsi que je les ai compris. Mais, en ce moment précis, puisque c'était son anniversaire, mon père voulait simplement nous réunir autour de lui et dire à chacun d'entre nous comment il nous voyait, ce qu'il aimait en nous, en chacun d'entre nous. Jamais il ne nous avait parlé ainsi. Jamais il ne nous avait dit ce qu'il pensait de nous. Jamais il n'avait employé de tels mots. Nous étions là, autour de son lit, en ce dimanche d'été, à la fois gênés, mal à l'aise et bouleversés. On n'abusait pas, dans la famille, des marques de tendresse. On jouait ensemble, on discutait, on riait, on adorait se retrouver tous ensemble, au moment des vacances. Il y avait entre nous ce lien si fort de la tribu, il y avait ce bonheur de partager les mêmes rites, les mêmes histoires codées, la même mythologie. Mais, à cause de cette souffrance au cœur de la famille, de cette guerre entre nos parents, nous ne savions ni les mots ni les gestes de la tendresse. De l'amour. Et c'est lui, mon père, qui les trouve. Qui brise ce pacte du silence pour nous dire, simplement, ce qu'il a dans son cœur. Ce qu'il voulait dire, depuis si longtemps, à chacun d'entre nous. Cette scène, jamais je ne pensais la vivre un jour. J'avais lu des histoires de ce genre dans des livres, des illustrés, le père qui, à l'heure de sa mort, réunit ses enfants autour de lui. C'était du roman, de la fiction, ça ne pouvait pas arriver en vrai. Et voici que mon père, avec son sourire fatigué, sans doute aussi pour faire oublier le père lointain, étranger, qu'il avait été, trouve le courage de nous dire combien il nous aime, beaucoup mieux que dans les livres. C'est nous qui n'avons pas su lui répondre, trop interdits, trop bouleversés. J'en veux à mon père, pour tout ce qu'il ne nous a pas donné, pour cette violence dans la maison, pour tout ce qu'il a fracassé en moi. Mais je lui pardonne tout, pour ces mots qu'il a su trouver, en ce dimanche d'été, je lui pardonne tout.

Quelques jours plus tard, alors que nous sommes tous réunis dans la cuisine (sauf Henri, qui fait son service militaire à Dakar), Monique, qui sort de la chambre de mon père, nous crie : « Venez vite, il est en train de mourir. » Nous nous précipitons dans la chambre, autour de son lit. Mon père a les yeux fermés, les joues creusées, il respire par à-coups, de plus en plus difficilement, il ouvre la bouche et sort de sa bouche ce bruit terrifiant qui s'appelle un râle. Quelqu'un part chercher un prêtre, c'est le vicaire qui arrive, mon ancien instituteur. Il demande à mon père s'il est conscient, s'il peut l'entendre. Mon père fait oui de la tête. Le vicaire récite des prières. Mon père s'enfonce de plus en plus, les râles sont de plus en plus rapprochés. Nous sommes là, silencieux, debout autour du lit. Ma mère se tient face à mon père, au bout du lit, les mains posées sur le bois du lit. Elle le regarde intensément, sans bouger, sans rien dire. Je regarde ma mère, j'essaie d'imaginer à quoi elle pense, quelles images lui traversent l'esprit, quels souvenirs se bousculent dans sa tête. Oui, je la regarde et j'essaie d'imaginer. Elle doit se rappeler, me dis-je, leur première rencontre, leur amour, leur mariage, toutes ces années où ils sont été si heureux ensemble. Et puis les enfants, et puis la guerre à Mortain, ces jours d'enfer où ils ont cru mourir, le miracle de leur salut, le retour à Mortain, puis Le Teilleul. Puis l'arrivée à Trans. Et le début de leur enfer à tous deux. Oui, je la regarde, ma mère, et c'est comme si je lisais dans ses pensées, tandis que son mari, mon père, est en train d'agoniser, de mourir. Qu'est-ce qui s'est passé ? Pourquoi, soudain, ce basculement en enfer ? Les choses auraient-elles pu être différentes ? Ils se sont maudits, pendant des années, et la voici debout, les bras posés sur le bois du lit, en train de le regarder mourir. Cet homme qu'elle a tant aimé, qu'elle a tant haï.

Mais la mort est longue. Les râles sont de plus en plus horribles, j'ai presque envie de me boucher les oreilles, je suis glacé d'épouvante. Ma mère, alors, nous regarde, nous les plus jeunes, et nous demande de monter nous coucher. J'éprouve comme un lâche soulagement, aussitôt je monte dans ma chambre. Et c'est le trou noir. Tôt le matin, je descends. « Il est mort », me dit ma mère. Je vais le voir dans la chambre. Il a un œil légèrement entrouvert, qui me fait peur. Il est d'une maigreur que je n'imaginais pas. Il a l'air d'avoir quatre-vingts ans. C'est mon père, mort à cinquante-trois ans.

J'ai quinze ans. Mon père est mort. Je marche tout seul, dehors, sur la route de Pleine-Fougères, et j'essaie de comprendre ce qui se passe dans ma tête. Je devrais être submergé de tristesse, je devrais pleurer toute ma souffrance, mon désespoir. Ton père est mort. Tu es orphelin. J'ai beau me répéter ces mots, je me sens comme absent à moi-même. Je ne sais pas ce qui m'arrive, je ne sais pas qui je suis, en cet instant précis. Ou alors je découvre en moi quelqu'un qui me fait peur, qui me fait honte : je sais que ce ne sera plus l'enfer, le soir, à la maison, qu'il n'y aura plus de bagarres, plus de violence. Et, monstre d'égoïsme, je respire. Je sais, je ne devrais pas écrire ces mots. Mais pourquoi me mentir ? En même temps, j'ai cette image de mon père dans son lit, son sourire, ses mots d'amour pour chacun d'entre nous. Je repense à cette promenade dans les rues de Dinan, avec Jacques. À cette visite à l'hôpital de Saint-Malo. Je pleure la perte du père que j'aurais pu avoir. Je maudis l'univers entier pour cette injustice : mon père meurt au moment même où je comprends que j'aurais pu vraiment l'aimer, comme un fils. Tout arrive trop tard. Et je vais, maintenant, vivre avec cette blessure. Pire : tenter de faire comme si elle n'existait pas. Faire semblant. Garder le silence.

Nous nous relayons dans la chambre, pour veiller mon père. On ne laisse pas un mort seul. Quand c'est mon tour, je regarde ce corps, ce visage, ces mains blanches sur le drap blanc. C'est mon premier face-à-face avec la mort. Je me force à rester, je sens monter en moi une telle peur, une telle angoisse. Et puis, dès le deuxième jour, il y a cette odeur de cadavre. Ah, avoir quinze ans et sentir l'odeur du cadavre de son père. J'ai envie d'ouvrir la porte, de sortir dans la rue, de courir comme un fou. Mais quand son père est mort on ne court pas dans la rue. On marche les yeux baissés. On joue le rôle qu'attendent les gens du bourg, le rôle de l'orphelin.

Le jour de l'enterrement, l'église est pleine à craquer. Les gens sont venus de partout, du bourg, de la campagne, d'autres villages. Mon père était connu. Mon père était aimé. Plus qu'il ne l'était sans doute chez lui, dans sa maison. Au cimetière, debout devant la tombe toute fraîche, je repense soudain à nos jeux d'enfants, juste après notre arrivée à Trans. On allait, nous les petits, dans le cimetière, à la recherche des tombes d'enfants, pour voler les angelots posés sur les pierres grises. De minuscules angelots peints, qu'on trouvait adorables et qui rejoignaient nos collections de trouvailles, vieux jouets rafistolés, capsules, boîtes de conserve aux belles étiquettes, petites voitures, baigneurs en celluloïd… Le cimetière était un terrain de jeux. Le plus étonnant, le plus pittoresque des terrains de jeux. Mais me voici devant la tombe de mon père. J'ai perdu le secret du jeu. J'ai perdu l'enfance. Tous les jours sont des adieux.

Mon père est mort et il n'y a plus d'argent à la maison. Finis les cadeaux de Noël, nous dit ma mère. Pour s'en sortir, elle doit à son tour trouver du travail. Elle a élevé dix enfants dans des conditions matérielles plus que limites, elle n'a pas cessé de se dépenser, faisant bouillir le linge dans la lessiveuse, poussant sa brouette vers le doué, battant les draps dans l'eau froide, sarclant, bêchant dans le potager, nourrissant la basse-cour, préparant les repas, cousant, reprisant, tricotant, faisant le ménage, astiquant les balles de mitrailleuse et les obus sur le buffet, cirant la bande de parquet le long du mur dans la cuisine, sa fierté. Aujourd'hui, en plus de tout cela, il lui faut ramener de l'argent à la maison. Bien sûr, nous les pensionnaires, nous sommes boursiers, mais ça ne va pas chercher bien loin. Les aînés, Alice, Monique, Jean, Marie-Annick, Henri commencent à travailler. Mais ça ne suffit pas pour s'en sortir. Alors ma mère loue ses services, comme femme de ménage. Comme bonne. Dans le bourg, chez des commerçants. Elle plume la volaille au restaurant. Elle est employée au château, chez monsieur le Comte et madame la Comtesse. Elle si fière et qui nous apprenait la fierté. Pendant les vacances, je vais parfois la voir au château. J'ai du mal à m'y faire : c'est ma mère, là, un balai à la main, qui fait le ménage chez la Comtesse, qui s'occupe de ses enfants. Après tout le mal qu'elle s'est donné pour nous. Le soir, elle rentre à la maison à vélo, elle redevient notre mère, avec les mêmes corvées à faire.

Jamais elle ne parle de mon père. Jamais je ne lui en parle. Toujours ce silence. Quand je suis au pensionnat, je l'imagine, les soirs d'hiver, seule dans la maison vide et froide. Seule avec ses souvenirs. Et cette volonté, coûte que coûte, d'être heureuse. Malgré tout ce qu'elle a subi, tout au long de sa vie. Son père meurt très jeune. Sa mère se remarie, elle a deux demi-frères, une demi-sœur. Très tôt son beau-père meurt, puis sa mère. Et puis l'été 44, sa blessure à Mortain, les trois éclats de bombe. Et puis la guerre avec mon père. Et puis la mort de mon père. Mais toujours, partout, cette volonté d'être heureuse. Cet amour de la vie. Comment jouir de chaque instant de répit. Par exemple, à Trans, sortir la chaise sur le trottoir, aux beaux jours, pour prendre le frais, discuter avec les voisins qui ont sorti leurs chaises sur le trottoir d'en face. Tandis que, plongés dans nos livres, nos illustrés, nous profitons de ce moment de grâce, de ce moment béni, le doux bavardage de ma mère avec les voisins, un soir d'été. Ma mère a toujours parlé avec tout le monde, les commerçants, les voisins, les gens de passage, nos amis. Elle aime le soleil, les fleurs, elle aime lire, elle aime écrire. Recevoir une lettre d'elle, à Dinan, au pensionnat, c'est un moment de pur bonheur. Elle raconte Trans, les petites histoires du bourg, elle donne des nouvelles de la famille, elle parle du temps qu'il fait, elle est gaie, elle est drôle, elle donne envie d'aimer la vie.

Et maintenant elle est seule, à Trans (Bernard et Madeleine sont à leur tour en pension), et j'espère qu'elle a assez de force, assez de courage. C'est pour elle qu'on a fini par acheter la télévision, j'ai oublié quand exactement. Des années après la mort de mon père. Avant, on allait voir la télé chez une voisine, Mme Médard, qui vivait seule. Le poste était dans la cuisine, on avançait les chaises, on se serrait les uns contre les autres. On regardait des feuilletons comme *Belphégor* ou des films comme *Les Grandes Espérances* qui nous fichaient la trouille, on rentrait chez nous à toute vitesse, dans la nuit noire, des fois qu'on rencontrerait des fantômes. Sinon, en été, on allait voir l'arrivée du tour de France, les étapes de montagne, avec la musique de l'Eurovision, ta ta tatata ta ta... Jusqu'au bout, on s'est passé de téléphone. On allait chez le boucher à côté, on décrochait, on avait l'opératrice et on demandait le numéro. Pour se faire appeler, même chose : on demandait le 9 à Trans et le boucher venait taper à la porte. Qu'est-ce qu'il devait en avoir marre, à la longue, de venir taper à notre porte ! De nous servir de standardiste. Le vrai progrès, ça a été l'installation d'une douche avec eau chaude et de toilettes à l'intérieur. Il a fallu monter une cloison de plus dans « la pièce », de l'autre côté de « la chambre des garçons ». Enfin on n'avait plus à traverser la route de Pleine-Fougères, à se précipiter dans la cour pour s'asseoir dans la cabane en bois, à côté du poulailler.

Quand on se retrouve tous à Trans, pour les vacances, c'est toujours la fête. On a des milliers de choses à se raconter, des milliers de choses à faire, aussi. On continue nos promenades sans fin sur les petites routes, dans la campagne, on passe des après-midi entières dans la forêt de Villecartier, au bord de l'étang. On retourne sur les lieux magiques de notre enfance, ces vallées, ces clairières, ces rochers que nous avions baptisés de noms à nous, jadis. Mais c'est déjà de la nostalgie. L'enfance est finie. Le bonheur du jeu aussi. On s'y retrouve pour évoquer ces années-là, on n'arrête pas de dire « tu te rappelles… », on a des centaines d'histoires à se raconter, des histoires du temps passé. On ne guérit pas de l'enfance. On ne guérit pas du paradis terrestre. On voudrait que ça dure tout le temps, toute la vie. On voudrait vivre dans cette bulle, bien au chaud, qui nous ferait oublier le reste, l'enfer à la maison, le soir. Et puis la mort de notre père. Et ce silence, entre nous. Ce gros bloc de silence noir qui nous empêche de respirer.

Les vacances de Noël, bien sûr, sont les plus nostalgiques. Ces quelques journées de grâce sont tissées de rites, comme autant de fils qui relient à l'enfance. Et qu'on n'ose pas briser, pour prolonger le rêve. La crèche, construite chaque année avec des pierres trouvées en forêt, de la mousse. Toute une après-midi passée dans le froid, à cueillir le houx, jusqu'à se faire rattraper par la nuit. La quiétude de la maison, quand il fait froid dehors, que ronfle la cuisinière, et que tourne un disque sur l'électrophone. Et que le dortoir, alors, le dortoir noir, est à des années-lumière. La messe de minuit, bien sûr. Avant, quand on était petits, elle était précédée par une pièce de théâtre jouée par les jeunes de Trans, sous la direction du vicaire instituteur. Dans le bâtiment de l'école, une scène avait été montée dans une pièce contiguë à la salle de classe. Il y avait de somptueux décors peints sur d'immenses toiles. On amenait les chaises de l'église, pour permettre à tout le monde de s'asseoir. On jouait d'abominables mélodrames, qui nous faisaient pleurer toutes les larmes de notre corps. Après la représentation, chacun prenait sa chaise pour la ramener dans l'église. Et on enchaînait avec la messe de minuit. Il n'y a plus de pièce de théâtre. Mais on a gardé le rite de l'après-messe de minuit : un grand bol de chocolat chaud avec des biscottes. On n'a jamais fait de réveillon, jamais. Notre luxe, c'est ce bol de chocolat chaud et ces biscottes. Et la découverte des cadeaux : un ou deux livres, choisis et achetés par notre mère pour chacun d'entre nous.

Mais on grandit, on vieillit et on découvre le monde. Les aînés travaillent, Alice a déjà des enfants, et nous, les plus jeunes, on change peu à peu d'univers. Il y a les amis qu'on se fait, chacun d'entre nous, au pensionnat ou ailleurs. Les premiers voyages, les engagements des uns ou des autres, l'esprit qui s'agrandit, la conscience qui s'aiguise. L'irruption de la politique, l'ouverture aux autres cultures, au Tiers-Monde, à « la faim dans le monde », comme on disait alors. Trans, soudain, devient tout petit. L'horizon explose, ça craque de partout. Insensiblement, la famille bascule à gauche. Mon père était de droite, avec des convictions, des engagements. Famille nombreuse, catholique, donc de droite : c'était comme ça. Et puis voilà que ça bouge, que ça glisse, que ça se déplace. La guerre d'Algérie passe par là. C'est l'époque, ces années-là, où on devient grave, sérieux, où on se découvre des idéaux, où on vomit l'injustice et la bourgeoisie. À Trans, la bourgeoisie, on ne savait pas que c'était, on était tous pareils. Ou presque. À Dinan, au fil des ans, j'ai commencé à réaliser d'où je venais, ce que ça voulait dire un milieu social. Ceux qui étaient mieux habillés, qui avaient de l'argent de poche, dont les parents avaient des professions plus nobles. Moi, avec mes fringues recousues, rapiécées, mes culottes courtes ou mes pantalons hérités de mes frères, je me disais parfois que j'avais l'air d'un clown. Petites humiliations de pensionnat. Mais, au fond, je m'en foutais. J'avais trouvé, sans le vouloir, sans même m'en rendre compte, la parade impeccable : les prix d'excellence. J'avais découvert que j'étais bon en classe. C'est une expérience bizarre, de voir tomber les notes quatre étoiles et les prix d'excellence sous le regard des autres, alors qu'on ne s'y attend pas le moins du monde. J'ai l'air de faire du cinéma, mais je jure que c'est la pure vérité. Comment un petit gars de Trans, fils du chef cantonnier, aurait-il imaginé rivaliser avec les gens de la ville ? Et voilà, c'était ça, ma revanche : les jours de distribution des prix, dans la cour d'honneur des Cordeliers, entendre un notable, entouré de toutes les autorités de la ville et du département, annoncer : « Prix d'excellence, Alain Rémond, de Trans. » Ce qui me plaisait, c'était « de Trans ». C'était la revanche des bleds paumés, des trous perdus, de la campagne oubliée. Mais la vraie récompense, c'était celle-ci : ma mère, venue exprès de Trans, assise au milieu de tous ces gens bien habillés, qui entendait mon nom et qui me regardait descendre de l'estrade avec mes prix. Le regard et le sourire de ma mère, ce jour-là, dans la cour d'honneur des Cordeliers, à Dinan, jamais je ne les oublierai. On n'est rien, on n'a rien, mais on a le prix d'excellence, parce qu'on aime apprendre, étudier et que face au savoir l'argent ne sert à rien : voilà ce que je lis, dans le regard de ma mère. Je sais bien que c'est une histoire vieille comme le monde, une rengaine qu'on a lue cent fois, pour l'édification des foules. Je m'en moque : c'est mon histoire, c'est tout.

La grande affaire, en ce début des années soixante, à part la guerre d'Algérie, c'est la déferlante yé-yé. Salut les copains, Johnny, Sylvie, Françoise Hardy, Richard Anthony... Autant le dire tout de suite : mes frères et sœurs et moi, on n'est pas fans. Mais alors pas du tout. Ça nous paraît niais, simplet, débile. Mais surtout (et on n'est pas peu fiers du concept) : fondamentalement aliénant. Derrière cette déferlante, on débusque une manœuvre des marchands pour faire oublier à la jeunesse les vrais enjeux, les vrais problèmes, pour l'empêcher d'ouvrir les yeux sur l'exploitation de masse, les banlieues pourries, la misère du Tiers-Monde. La futilité du yé-yé, l'escroquerie de l'idéologie copains, voilà le nouvel opium du peuple ! Je suppose que tout ça, aujourd'hui, fait doucement rigoler. Les années soixante sont furieusement tendance. On cultive la nostalgie de l'époque. Insouciance ? Quelle insouciance ? Et pour qui ? Trente-cinq ans après, je n'arrive pas à être en désaccord avec l'adolescent que j'étais.

L'année de mes dix-huit ans, Trans, pour moi, s'efface un peu plus. Je pars vivre à l'étranger : Canada, Italie, Algérie. Cinq ans loin de ma famille, excepté des séjours d'un mois, en été. Un jour, peut-être, je raconterai ces cinq années. Peut-être. Pour l'instant, mon histoire, c'est Trans, c'est la famille. Loin de tout le monde, je vis de souvenirs. J'ai des milliers d'images dans ma mémoire, des bruits, des odeurs, je me fais des révisions, telle route, tel paysage, le Mont-Saint-Michel dans la brume, l'étang de Villecartier, le château de Combourg, la place de l'église à Trans, les commerces, l'école, la ferme où on va chercher le lait… Mes rêves, la nuit, sont hantés par les petites routes autour de Trans, je marche des heures et des heures sur ces petites routes entre La Boussac, Pleine-Fougères et Vieux-Viel. Surtout, il y a les lettres. On s'est toujours beaucoup écrit, dans la famille, ma mère et mes frères et sœurs. Les dernières années de pensionnat, avec Marie-

Annick, Madeleine et Agnès, on s'envoyait des lettres délirantes, sur la mode, l'air du temps, l'arnaque copains-yé-yé. Quand on se retrouvait, on se parlait de nos lettres, on les continuait par oral. Je les ai retrouvées, ces lettres, voilà quelques jours, au fond d'un tiroir, dans une boîte en carton. Je ne savais pas que je les avais gardées. J'ai commencé à ouvrir des enveloppes, à lire quelques feuillets. Mais je me suis vite arrêté. Impossible de replonger dans ces années-là, dans ce bonheur-là : trop brûlant, trop intense, insupportable. Et tout ce non-dit, derrière les mots. Tout ce qu'on ne voulait pas se dire. Qu'on ne voulait pas voir. J'ai tout remis dans la boîte en carton. J'ai refermé le tiroir. Un jour, peut-être…

Ce qui se passe, quand on est à l'étranger, qu'on reste des mois et des mois loin de la famille, c'est que les lettres se font plus personnelles, plus intimes. Comme on ne se voit plus, qu'on ne se parle plus, dans cette espèce de conversation ininterrompue depuis l'enfance, les lettres vont à l'essentiel. Loin de tous, j'ai cette sensation d'une vie qui continue en dehors de moi, mystérieuse, tissée de rites et d'habitudes auxquels je n'ai plus part. Doucement, je sens que je me détache d'un monde familier, quotidien, que je ne connaîtrai plus. Alors ces lettres inventent un autre lien, une nouvelle relation. On m'écrit comme à quelqu'un qui n'est plus dans la fusion de la tribu, qui vit autre chose, seul. Et moi, j'ai à la fois la souffrance de cette séparation et la conscience, encore confuse, d'exister pour moi-même, d'affronter ma liberté.

Quand je reviens, en été, c'est le bonheur de retrouver Trans, la maison, tout le monde. De me couler dans d'anciennes habitudes, les repas dans la cuisine, les grandes tablées, les discussions, les rires, les promenades en forêt. Comme avant. Mais non, pas vraiment : je me sens de passage, je sais que je vais repartir, je me trouve en décalage. Et puis la famille elle-même se métamorphose, elle n'est plus la même : au fil des années, les uns et les autres se marient, s'en vont. Voilà, c'est la vie. C'est ce qui se passe, dans les familles. Ce moment indécis, comme entre chien et loup, où une histoire se termine, une autre va commencer. Il va falloir être une famille autrement. Accepter de faire la part des souvenirs, de la nostalgie et se préparer à autre chose, qu'on devine à peine. Et puis le père est mort. Et puis la mère est seule.

Et puis, surtout, il y a Agnès. Je comprends peu à peu, au fil des lettres, qu'elle est malade. Pas d'une maladie du corps. Agnès est malade de l'âme, de l'esprit. Elle ne sait plus ce qu'elle veut, ce qu'elle vit, elle glisse peu à peu vers une absence à elle-même, à la vie. J'apprends un jour qu'elle est internée en clinique psychiatrique. Elle en sort. Elle y retourne. Elle alterne phases d'exaltation et de désespoir. Elle s'installe peu à peu en enfer. De loin, à distance, j'essaie de comprendre, de réaliser. Agnès avait toujours été, pour moi, celle qui riait, qui blaguait, qui débordait d'idées. Elle avait plein d'amis, elle était dynamique, elle voulait faire bouger les choses et les gens. On était tellement proches, tout les deux, tellement complices. On avait des discussions ininterrompues, passionnées. On avait les mêmes goûts, les mêmes dégoûts. Mais peut-être (me dis-je aujourd'hui) sa gaieté était-elle forcée. Peut-être son rire sonnait-il faux. Peut-être est-elle, parmi nous tous, celle qui a dû payer le prix de cette schizophrénie, en nous : entre le bonheur d'être ensemble, d'être à Trans, et ce trou noir du malheur, ce silence qui nous rongeait de l'intérieur, l'enfer à la maison. Peut-être Agnès a-t-elle payé pour nous.

De retour en France, un été, je vais la voir dans la clinique. Je ne la reconnais pas. Elle a l'air si seule, si angoissée, si totalement effrayée. Elle a ce regard qui lui mange le visage, cet appel des yeux comme pour dire faites quelque chose, aidez-moi, je vous en supplie, je ne sais pas où je vais, où je m'enfonce. J'ai envie de la sortir de cette clinique, de la sauver, de la protéger, je ne supporte pas ce regard. Mais pour faire quoi ? Pour l'emmener où ? Ma mère et mes frères et sœurs sont aussi bouleversés que moi, mais eux vivent sa souffrance au jour le jour, mois après mois. Et non, comme moi, de loin, à distance. Par des lettres. Je me fais l'effet d'un lâche. D'un planqué.

Parfois, elle va mieux. Elle reprend la vie d'avant, la vie normale. Elle travaille, elle voyage. Elle rit, s'emballe, s'enflamme. Et puis elle retombe. Clinique, médicaments. L'effroi, l'angoisse. Et la famille qui se sent coupable.

Au bout de cinq ans, je rentre en France, définitivement. Je m'installe à Paris, où je n'ai jamais mis les pieds jusqu'ici. C'est pour moi comme un no man's land : je reviens en France, mais loin de la Bretagne, de la famille. Je n'ai aucune idée de ce que sera ma vie. Mais j'ai besoin de cette distance pour me retrouver. Après, on verra. Mes premiers amis, à Paris, sont tous de la bonne bourgeoisie rive gauche. C'est juste après mai 68 (que j'ai vécu, moi, en Algérie). Eux, mai 68, ils en sortent, c'est leur épopée. Ils se sont bagarrés, ils ont rêvé, ils y ont cru. Je me plais bien avec eux, on a plein d'idées, on va faire, c'est sûr, plein de choses. Sauf que, tout de même, on ne vient pas de la même histoire. On n'est pas du même monde. Tout leur paraît facile, évident. Ils ont cette aisance naturelle que je n'avais vue, jusqu'ici, que dans les films. Ils ont de beaux et grands appartements, ils sont liés par toutes sortes de réseaux, ils sont du bon côté. Moi, au milieu d'eux, je me fais l'effet d'un plouc. On est à des années-lumière, socialement, culturellement. Je crois qu'ils n'imaginent même pas, qu'ils ne se rendent même pas compte. Ils ne voient pas que tout ce qui leur paraît normal, naturel, pour moi c'est de l'exotisme, c'est comme être dans un zoo. C'est bien autre chose que la distribution des prix dans la cour d'honneur des Cordeliers, à Dinan, ma mère au milieu de tous ces gens bien habillés. C'est carrément une autre planète. Il faut que je me pince, tous les jours, pour réaliser que je ne suis pas dans un film, dans un livre. Ce monde-là existe bel et bien. J'ai l'impression, au milieu d'eux, de faire de l'ethnologie. En même temps, ce sont mes amis. Et je vivrai avec eux une si belle aventure…

En juin, après les examens, je rentre en Bretagne. Après cette plongée dans la quintessence de la bourgeoisie, j'ai soif de talus, de chemins creux, de petites routes perdues, d'épiceries-buvettes et de fermes dans les blés. J'ai envie d'entendre parler patois, de voir trembler des gitanes maïs sous la moustache, de retrouver des gens normaux. Et puis je vais retrouver ma mère, ma famille, dans la maison, à Trans. Je rentre avec Bernard, qui fait un stage de facteur à Paris, et un de ses copains. On monte dans la 4 CV du copain, on passe le tunnel de Saint-Cloud, c'est le début de l'été, vivement qu'on arrive en Bretagne.

En fait, on n'arrive nulle part. À la sortie de Mortagne, vers Alençon, un mauvais virage, un mauvais coup de volant et voilà la 4 CV cul par-dessus tête dans le fossé. Et moi, dans les pommes. Je me réveille à l'hôpital de Mortagne, on me demande où j'ai mal, je réponds partout. Ce qui n'avance pas beaucoup le chirurgien des urgences. Heureusement, il a un boulot évident à faire, vu mon état : me recoudre le cuir chevelu. Je me suis fait un scalp de première catégorie, le cuir chevelu bien décollé sur l'os du crâne, ça saigne de partout, ça fait un mal de chien. On me bande la tête façon dessin animé, tout juste si on me voit les yeux, on me met dans un lit avec plein d'oreillers dans le dos pour me soulager la tête. Et on me dit bonne nuit. Moi, je crois que je vais mourir. Vraiment. J'ai tellement mal dans le dos que je ne peux plus respirer, je suis sûr que je vais y rester. C'est mon frère (qui, lui, s'en tire avec une fracture de l'épaule) qui sonne le médecin. Vite, une radio du dos : fracture de la colonne vertébrale. Comme quoi on aurait mieux fait de m'écouter, quand je disais que j'avais mal partout. On m'enlève immédiatement les oreillers, on m'allonge sur une planche. J'ai de la chance : la moelle épinière n'est pas touchée. Tout ce qu'il y a à faire, c'est d'attendre que ça se ressoude. Ça prendra le temps qu'il faudra.

Voilà : je passe une bonne partie de l'été 69 à

l'hôpital, puis en clinique. Je suis saturé de médicaments pour ne plus avoir mal, pour dormir. Je ne peux rien bouger de mon corps, même pas les bras. À l'hôpital de Mortagne, ma mère et Agnès sont venues nous voir, Bernard et moi. Elles m'ont demandé de raconter l'accident, ce qui s'était passé. Je n'en ai pas la moindre idée : j'ai une amnésie partielle. Je n'ai pas le plus petit souvenir du voyage depuis Paris, ni de l'accident. Quelques heures de ma vie effacées, pour toujours. Je ne m'en plains pas. Je trouve juste que ça fait bizarre. Un trou noir.

A la clinique, au Mans, je suis seul. Je suis en mille morceaux, mais je me sens en sécurité. Je flotte dans un monde étrange, un entre-deux bizarre. C'est l'été. Il fait chaud. On s'occupe bien de moi. Je vis l'instant présent. Je n'imagine rien après. Je suis là, c'est tout. Quand je commence à aller un peu mieux, je lis les poèmes d'Emily Dickinson, la nuit, avant de sombrer. On commence à me réapprendre les gestes, on me fait asseoir dans mon lit, puis sur le bord de mon lit. On me fait me mettre debout. Puis un pas, deux pas dans le couloir. Puis des marches d'escalier. J'ai peur, je crois que je vais me casser. Mais mon corps tient bon.

L'été 69, dans cette clinique, comme un rêve, la tête en feu, le dos dans un étau, la chaleur, la rumeur au-dehors, les poèmes d'Emily Dickinson, je vogue en apesanteur. Me revient par à-coups cette image, ce flash dans ma tête : dans l'ambulance, juste après l'accident, au cours d'un bref moment de conscience, je me suis dit : je vais enfin savoir. Oui, me disais-je, je vais enfin savoir ce qu'il y a après.

A ma sortie de clinique, je me retrouve à Trans. Ce n'est pas vraiment le retour dont j'avais rêvé, pendant ces cinq années à l'étranger. J'ai tellement mal que je ne vois rien, je n'entends rien. Sorti de la bulle rassurante de la clinique, j'ai froid, je grelotte, mes nuits sont des cauchemars. Je n'ai pas envie de parler, de raconter, je tourne en rond, je me cogne contre les murs. Dehors, je marche en somnambule, je me sens si loin des arbres, des champs, des talus, j'ai l'impression de ne plus pouvoir toucher les choses. Jamais je n'ai eu cette sensation de distance, comme si j'étais un étranger, ici, à Trans, dans la famille. Il faut que mon corps se refasse. Il faut que je réapprenne le bonheur. Je ne sais pas si j'y arriverai. Ni combien de temps ça me prendra. Je n'habite plus mon corps. Je ne suis nulle part. Je ne suis personne. Je n'ai même plus l'éblouissement des souvenirs. Si au moins je pouvais dormir. Mais je sors en sueur de nuits glaciales où je n'ai fait que courir après des fantômes. Dites, tout cela aura-t-il une fin ?

Mais on guérit, bien sûr. À l'aveugle, à tâtons, en se cognant, en rechutant. Oui, on finit par guérir. On sort, peu à peu, du cauchemar. On ne sait pas comment ça s'est fait, comment c'est arrivé. Mais un jour, on comprend que c'est fini – même si rien, bien sûr, n'est jamais fini. On a soudain mille envies, mille désirs, on se saoule de projets, on est pris dans un tourbillon de rencontres, on se dit que tout est à nouveau possible. Ma chance, c'est le Paris du début des années soixante-dix, ce bouillonnement, cette effervescence d'après 68. Tout bouge, tout craque, on a tout à faire, tout à imaginer. Je me goinfre de politique, de cinéma, de musique, d'écriture, la vie est électrique, la vie est compulsive. Militantisme gauchiste, vie en communauté, bouddhisme zen, riz complet, baba-coolisme, manifs antifascistes, poésie, revues de cinéma… Paris est une fête. Et Trans me semble bien loin. J'y retourne de temps en temps. À

Noël, par exemple, où toute la famille se retrouve autour de ma mère. Mais je sens que je m'éloigne, que ma vie est ailleurs. Provincial à Paris, Parisien en Bretagne : curieux jeu de rôles, dont j'essaie de tirer le meilleur. Je me sens traître à une partie de moi-même, j'acquiers des réflexes, une façon de parler, de voir les choses qui sont d'un autre monde. J'ai de vieilles envies de province, certains soirs, des nostalgies qui me serrent le cœur : avoir du temps, fuir le clinquant, le toc, les effets de mode. Mais la peur, en même temps, de retrouver trop de fantômes, de me laisser entraîner vers ces histoires trop vieilles, trop mortes. À Paris, je m'invente ma vie. Même si je me sens, parfois, comme en transit. Pas d'ici, pas de là-bas. Ça me va.

Il y a une chose à laquelle je ne m'habitue pas : c'est de voir les pères de mes amis. De voir, parfois, l'un ou l'autre de mes amis avec son père. Je les regarde, je les écoute se parler, j'imagine leur complicité. Ils sont jeunes, l'un et l'autre. Je les regarde, je les écoute, je pense à toutes ces années qu'ils ont passées ensemble, à toutes celles qui les attendent. J'aimerais savoir à quoi ça ressemble. Qu'est-ce que ça fait d'avoir un père quand on a vingt ans, vingt-cinq ans. Plus qu'une souffrance, c'est de l'étonnement. Je les regarde comme s'ils jouaient dans un film. Comme s'ils n'étaient pas père et fils pour de vrai. Je trouve que ça fait bizarre, de les voir ensemble. La vie, la vraie, c'est celle que je vis. Il ne peut pas y en avoir d'autre. Seul, sans père.

Au printemps 72, en vacances dans le Massif central, je m'arrête un soir chez des amis, à Aurillac, juste pour une nuit. En fait, pour cause d'appendicite fulgurante, je vais être obligé d'y passer quinze jours, après une semaine d'hôpital. C'est là, chez ces amis, que je reçois, postée de Trans le 15 avril, une lettre de ma mère. Elle plaisante sur ce séjour forcé à Aurillac, sur ce qu'elle appelle ma « dernière équipée ». Puis elle ajoute (cette lettre aussi, je l'ai gardée) : « Il m'arrive une drôle d'équipée à moi aussi : je dois subir une intervention chirurgicale à la clinique de Combourg, pour cause d'ulcère à l'estomac. J'espère m'en sortir… Mais je ne serai pas à Trans avant une quinzaine sans doute. Bon, je m'arrête, je dois mettre la famille au courant de ce qui m'arrive. Je ne manquerai pas de visites à la clinique. Ça me fait une belle jambe ! »

J'ignorais qu'elle était malade. C'est vrai que ma mère n'est pas du genre à se plaindre. C'est vrai, aussi, que je ne la vois plus aussi souvent. Dès que je serai rétabli, j'irai la voir. Quelques jours plus tard, je reçois une lettre de mon frère Jacques. « Maman a dû t'écrire la semaine dernière qu'elle entrait au début de cette semaine en clinique pour se faire opérer d'un ulcère à l'estomac. Elle devait se faire opérer hier. Bernard m'a téléphoné tout à l'heure : les chirurgiens n'ont pas enlevé l'ulcère, parce qu'ils se sont rendu compte, sur la table d'opération, qu'elle était atteinte d'un cancer généralisé. Pas question d'opérer. D'après eux, il n'y a rien à faire. Ils lui donnent un délai de deux mois maximum. »

Je lis et relis sa lettre. Je butte toujours sur les mêmes mots : « cancer généralisé », « deux mois maximum ». Comment puis-je le croire ? Comment puis-je l'accepter ? Ma mère ne peut pas mourir, elle n'a pas le droit de mourir. Elle a à peine soixante ans, elle est forte, elle nous tient tous dans sa main, elle est la plus vivante de nous tous. Elle a droit à la vie, au bonheur, plus qu'aucun d'entre nous. Les choses ne peuvent pas se passer comme ça : une petite opération et la mort dans deux mois. C'est impossible. Les médecins disent n'importe quoi. Ils n'ont pas le droit. J'ai envie d'être avec mes frères et sœurs, tout de suite, de me sentir au milieu d'eux, comme pour empêcher ce qu'annoncent les médecins. En plus, m'apprend Jacques, les chirurgiens ont pris, seuls, la responsabilité de cacher la vérité à ma mère : ils lui ont dit qu'ils avaient enlevé l'ulcère, que l'opération s'était bien passée. Ils nous mettent, pour ainsi dire, devant le fait accompli. Condamnés à mentir, comme eux.

Je lis et relis ces deux lettres, celle de ma mère,

celle de Jacques. J'aimerais partir tout de suite, ne pas perdre une seule seconde de ce temps qui me semble soudain si précieux. Vite, aller à Trans. Retrouver la maison, ma mère, tout le monde. Mais je ne peux pas bouger. De toute façon, il n'y a personne à Trans. Ma mère, à sa sortie de clinique, s'installe à Saint-Brieuc, chez Jean et Denise. Pour ce qu'elle croit être sa convalescence. À Trans, la maison est vide. Et ma mère va mourir.

Enfin, je peux partir. Vite, à Saint-Brieuc. J'embrasse ma mère, je la regarde, je l'écoute. Elle rit, elle blague, elle raconte son « équipée », son opération, cet ulcère qu'on lui a enlevé. Elle dit qu'elle profite au maximum de cette période de repos, chez Jean et Denise, où on s'occupe d'elle, où elle n'a pas à faire la cuisine, le ménage. Bien sûr, dès qu'elle sera bien reposée, elle retournera à Trans et ce sera comme avant, la vie tranquille à Trans où, je le promets, je viendrai plus souvent. Je la regarde, je l'écoute, je ne sais pas si je vais arriver à mentir. Elle, elle ne joue pas, elle croit vraiment que tout va recommencer comme avant. Mais nous, ces quelques mois qui, d'après les médecins, nous restent à vivre avec elle, il va falloir qu'on triche. Est-ce seulement imaginable, de ne pas se parler à cœur ouvert, de ne pas être dans la vérité, quand la mort est si proche ? En même temps, elle rit, elle blague, elle n'a pas l'air de quelqu'un qui va mourir – et si les médecins se trompaient ? S'ils racontaient n'importe quoi ? J'ai envie de ne pas les croire. Après tout, les médecins se trompent parfois, ça arrive. Après tout, ma mère a déjà été gravement malade, au Teilleul. Et elle s'en est sortie. Alors, pourquoi pas cette fois-ci ? Pourquoi pas un deuxième miracle ? J'arrive presque à y croire. J'y crois, quand je la vois.

Le jour de la fête des mères, on décide de faire une grande réunion de famille autour d'elle, à Saint-Brieuc. Depuis la mort de mon père, on continuait à se retrouver tous ensemble à Trans, pour Noël. Je ne sais plus quel prétexte on a trouvé pour la convaincre que, cette année, ce serait mieux de se retrouver tous ensemble le jour de la fête des mères, à Saint-Brieuc. Et pas à Noël, à Trans. Pour nous, bien sûr, c'est l'urgence : ma mère ne sera sans doute plus parmi nous à Noël. Je commence à vraiment croire les médecins : ma mère est souvent fatiguée, découragée. Elle n'a plus cet allant, cette bonne humeur. Elle souffre. Elle est inquiète. Cette fête, tout le monde y sera. Même Marie-Annick, installée depuis son mariage au pays de Galles. Il a fallu trouver un autre prétexte, pour justifier sa présence à une simple fête des mères. Marie-Annick sait qu'elle la voit sans doute pour la dernière fois. Ma mère, elle, ne le sait pas. Tout le monde y sera. Et d'abord Anne, que je présente à ma mère. Je lui en ai souvent parlé. Mais elle ne l'a encore jamais rencontrée. On doit se marier dans quelques mois. Pour Anne, de la voir, c'est vital. Et déchirant.

De la fête elle-même, je garde peu de souvenirs. Sinon de ce mélange, chez ma mère, de bonheur et de fatigue. Et, chez nous, d'une gaieté forcée, désespérée. La maladie se voit maintenant sur son visage. Dans ses gestes. On voudrait tous pleurer. On rit, on plaisante, on parle trop fort. Ma mère est avec nous mais déjà, dans son regard, un peu absente. Commence-t-elle à se douter de quelque chose ? Je n'en sais rien. Je la regarde et je ne veux pas penser aux jours à venir, aux jours qui restent.

En juillet, je tourne un film en Bretagne avec Yves, mon vieux copain du pensionnat. Et un troisième larron qui a l'avantage, à nos yeux, d'avoir, lui, une caméra. Un film bricolé, sans argent. Sans rien. Un film dont les bobines dorment aujourd'hui dans un grenier, quelque part en Bretagne. Venant de Paris, on s'arrête à Trans, pour y passer la nuit. La maison est vide. C'est la première fois, de toute ma vie, que je dors à Trans dans la maison vide. Je n'ai jamais eu jusqu'ici cette sensation. Avant, venir à Trans, c'était retrouver la famille. Au moins, de toute façon, ma mère. Cette fois, la maison est vide. Je la sens désertée, sans âme. J'ai envie de fuir, le plus vite possible, le plus loin possible. Je comprends que c'est la fin. Que plus jamais la maison ne sera notre maison. Celle de l'enfance, celle du bonheur et du malheur. C'est fini. Je me sens déjà étranger. Vite, partons. Cette maison sent la mort.

Notre film bricolé, on le tourne au sud de Saint-Brieuc, à une cinquantaine de kilomètres. Régulièrement, je monte chez Jean et Denise, pour voir ma mère. Elle souffre de plus en plus. Elle se demande ce qui se passe. Elle a hâte de rentrer à Trans, de retrouver ses habitudes, de se réinstaller dans sa vie. Mais elle sent bien que quelque chose ne va pas. Je me demande si elle est dupe de la fable des médecins, de celle que nous lui jouons. Jamais, pourtant, je n'oserai lui en parler franchement. On continue à faire semblant. Dans l'angoisse et la peur. Elle est maintenant presque toujours couchée. Elle n'a plus la force de plaisanter. Elle dit que c'est bien long, de se remettre d'une simple opération. Et elle me regarde : il faut que je la rassure, me disent ses yeux, elle me supplie de la rassurer. Ou bien veut-elle que je lui dise la vérité ? Je sors de la maison plein de rage et de honte. Je ne veux pas qu'elle meure.

Un samedi, sur le tournage, je me sens comme pris de panique. Une angoisse qui me serre la gorge, un pressentiment. Il faut que je parte, immédiatement. Tout le trajet, jusqu'à Saint-Brieuc, j'ai le cœur battant. Vite, vite, plus vite. J'entre dans sa chambre. Ma mère est vivante. Elle est couchée, elle souffre. Elle me dit qu'elle souffre, qu'elle ne comprend pas pourquoi. Mon oncle est là, à ses côtés. C'est le frère de mon père. Il est prêtre. Il lui dit des mots de consolation, qu'il croit être de consolation. Il lui parle de Dieu, du Christ sur la croix. Ma mère le regarde durement, je ne lui ai jamais vu ce regard. Elle lui dit qu'il peut garder son discours pour lui, qu'elle ne voit pas ce que Dieu vient faire là-dedans, que la religion, de toute façon… Je n'ai jamais entendu parler ma mère de cette façon, avec ces mots. Ces quelques mots qu'elle dit à voix basse à mon oncle et ce regard si dur, c'est comme si je voyais quelqu'un d'autre. Pas ma mère. La souffrance et la mort qui rôde, qu'elle sent rôder, la plongent dans ce grand silence, ce grand froid que je lis dans ses yeux. Mon oncle, désarçonné, bredouille quelques paroles, mécaniquement, et s'en va. Je reste auprès d'elle, sans savoir quoi lui dire, sinon ces mots maladroits d'un fils pour sa mère, qui veut lui dire combien il l'aime et qui ne sait pas comment lui dire. On est très fort pour les mots, dans cette famille. Mais s'est-on jamais vraiment parlé ? Je rentre le soir sur le tournage, à la fois rassuré (j'ai tellement cru la trouver morte) et glacé d'angoisse : quel est ce pressentiment qui m'a fait me précipiter et rouler comme un fou ?

Le lendemain, en tout début d'après-midi, je vois arriver Madeleine : il faut immédiatement aller à Saint-Brieuc, elle est en train de mourir. J'entends cette phrase dans ma tête (elle est en train de mourir) tout au long des cinquante kilomètres. Je ne pense à rien d'autre. Je ne veux penser à rien. J'arrive trop tard. Ma mère vient de mourir. Ses derniers mots, me dit Jean, ont été pour Agnès, qui était près d'elle. Agnès qui lutte contre sa propre souffrance, contre cette ombre qui l'envahit. Je regarde ma mère, je repense à notre conversation d'hier, à ces pauvres mots que nous avons échangés. Je me serais maudit toute ma vie si je n'étais pas venu, si je n'avais pas eu avec elle cette dernière conversation. Elle vient de mourir, elle pourrait être encore vivante, je guette absurdement un signe, un tressaillement, un souffle de respiration. Non. C'est fini. Ma mère est morte. Elle a soixante ans. Mon père est mort voilà exactement dix ans. J'ai vingt-cinq ans. Je n'ai plus de parents. Tout cela se bouscule dans ma tête, des dates, des chiffres. Je ne la reverrai plus jamais. Ma mère est morte. C'est fini. Ma mère ne vivra plus, ne jouira plus de la vie. De sa vie. Le soleil, les fleurs, le jardin, les voisins, les conversations à la fraîche, en été, les repas, les fous rires, la basse-cour, les papotages chez les commerçants, les passages des uns et des autres, les vacances, la bande de parquet ciré dans la cuisine, le coup de chiffon sur les obus, le bouquet de fleurs sur la table. La vie. Je sors de la maison, je marche droit devant moi et je pleure. Ma mère n'avait pas le droit de mourir. Elle aimait trop vivre. Elle avait des années de bonheur devant elle, à Trans. Ma mère est morte. Je ne peux pas l'accepter. Je n'ai rien d'autre à dire.

On se retrouve tous, les frères et sœurs. Il faut se tenir chaud. Il faut se préparer à l'enterrement. Et au grand vide, après. Sans parents, qu'est-ce qu'une famille ? Qu'est-ce qui fait tenir une famille ? Plus de fête tous ensemble, chaque année. Plus de visites à Trans. Plus de vacances à Trans. Les parents, c'est l'histoire de la famille. C'est notre histoire. Mon père mort, ma mère jouait seule ce rôle : le repère, le point fixe, ce qui fait que tout a un sens. On sait qu'elle est à Trans, qu'elle nous attend, qu'on ira la voir. On se retrouvera autour d'elle. On rira, on plaisantera, on se promènera avec elle, en forêt, à l'étang de Villecartier. On ira dans la cour, on donnera à manger aux poules et aux lapins. On la regardera préparer la soupe, le soir, en discutant avec elle des petites choses de la journée, des minuscules aventures de la vie. Ma mère est morte. Et nous sommes seuls.

Nous voici à Trans, pour l'enterrement. Voilà dix ans, c'était pour l'enterrement de mon père. On se retrouve à la maison, mais chaque pièce, chaque meuble, chaque objet est un adieu. Cette maison, ce n'est plus la nôtre. L'ombre de ma mère est partout, sa voix, ses silences. Sans elle, cette maison est morte. Nous nous serrons dans la maison, nous parlons, nous faisons du bruit, mais nous savons que nous allons en être chassés, comme du paradis terrestre.

L'église est pleine, comme pour mon père. Tous ces gens de Trans, ou venus des villages alentour, je les ai un peu perdus de vue, je ne les connais plus très bien. J'ai l'impression de me retrouver en les retrouvant, de renouer avec ma vie à Trans, tous ces visages de paysans, d'artisans, ces camarades de l'école qui ont vieilli, qui sont devenus des hommes. Et en même temps, je sais que cette messe est un adieu à Trans, que la page est tournée, que je ne serai plus qu'un passant à Trans. Cette église où j'ai fait mes débuts d'enfant de chœur, où j'ai servi la messe, les vêpres, les complies tant et tant de fois, je m'y sens déjà étranger. Et cette pesanteur de l'office d'enterrement, cet épouvantable rituel de mort, si solennel, si morbide, quelle chape de froid soudain sur les épaules, quel froid glacial dans tout le corps. Je sens derrière moi toute cette foule d'hommes et de femmes en noir qui sont venus saluer ma mère et c'est une présence qui réchauffe, qui réconforte, mais je sais bien que c'est aussi un adieu à la famille, notre famille, qui fut, pour quelques années, de Trans.

Dans le petit cimetière à la sortie du bourg, on enterre ma mère à côté de mon père, dans la même tombe. Les voici réunis dans la mort, eux qui se sont tant aimés puis tellement haïs. Je ne sais pas ce qu'était devenu, chez ma mère, au fil des années, le souvenir de mon père. Je ne lui en ai jamais parlé. Cette guerre entre eux, je n'ai jamais pu en parler. C'était comme un gros bloc de pierre, impossible à remuer. Alors on se tait. On laisse faire le silence. On espère que, peu à peu, le gros bloc de pierre bougera de lui-même. Mais les années passent. Et il est trop tard.

Dans ce petit cimetière où, voilà des années-lumière, je volais des angelots sur les tombes des enfants, les voici enterrés côte à côte, mon père et ma mère. Et notre enfance aussi, enterrée avec eux.

Un jour, il faut faire le deuil de la maison. Aller de pièce en pièce, une dernière fois. Ouvrir les armoires, les placards, tirer les tiroirs, une dernière fois. Fermer les yeux et rêver à ce que fut la vie ici, tous ensemble, les rires, les repas, les amis, les retours en vacances, les nuits à lire, à discuter. Et puis les cris, les coups, le soir, quand mon père revenait. Monter dans le grenier, une dernière fois, où nous avons tant joué, au milieu des harnais, des colliers de chevaux de trait, à des jeux magiques et mystérieux qui étaient comme notre deuxième vie cachée. Un dernier salut à ma chambre sans fenêtre, où j'étais, en vacances, comme dans une bulle de bonheur. Et puis sortir par la porte de derrière, traverser la route de Pleine-Fougères, pousser la petite porte, entrer dans la cour. Et recevoir en pleine figure tous ces souvenirs de jeux ensemble, être accueilli par les rires et les menus bavardages des enfants que nous étions alors, entre les poules et les cages à lapins. Dire adieu, encore, même si c'est impossible, parce qu'on ne dit pas adieu à son enfance, on vit avec elle chaque jour de sa vie.

La maison, c'est fini : on a décidé de la vendre. Une décision comme il s'en prend dans les familles, quand les parents sont morts. Voilà, on vend. Chacun prend ce qu'il veut, selon un partage équitable. Une armoire, un lit, une table. Je ne prends rien. Je ne veux rien. La maison de Trans, je l'ai tout entière dans ma tête. Mais je ne veux pas que d'autres l'achètent, y habitent, y vivent, la peuplent de leurs rêves, de leurs jeux, de leurs habitudes. Je ne peux pas le supporter. En fait, si, j'ai pris quelque chose, dans la maison, à Trans : la grande photo de mariage de mes parents, dans le cadre d'origine. Je l'ai devant moi, sur mon bureau. J'ai beaucoup de mal à la regarder. Ils sont si jeunes, si beaux, si fragiles dans leur demi-sourire au photographe, à leur future vie ensemble. Le cadre est déglingué, la photo est tachée, abîmée par endroits. Je ne veux pas y toucher, la restaurer. C'est la photo d'un bonheur abîmé. C'est la photo de mes parents.

Voilà, c'est fini. Un jour, j'apprends que la maison est vendue. Je ne sais pas qui l'a achetée, qui s'est installé dedans, qui s'y fabrique désormais des souvenirs, je ne veux pas le savoir. Parfois, en retournant en Bretagne, chez mes frères et sœurs, il m'arrive de passer par Trans. Mais je ne peux pas m'arrêter devant la maison, je ne peux pas la regarder. Je nous vois assis sur le trottoir, le dimanche soir, en train de lire nos romans d'aventures ou nos illustrés, pendant que ma mère discute avec Mme Boucher, de l'autre côté de la rue. Mme Boucher est mercière, elle vend des boutons, du fil, des bas, des mouchoirs. Son mari est cordonnier, quand on entre dans son atelier, on est saisi par l'odeur du cuir, de la colle, mêlée à celle de sa gitane maïs. C'est chez Mme Boucher qu'il y a le dépôt de livres, une petite bibliothèque de campagne. Les romans et les bandes dessinées sont rangés sur deux rayons, entre les boîtes de bobines de fil et de boutons. Pour faire provision de livres, on n'a qu'à traverser la rue. On est tout le temps fourrés chez Mme Boucher. C'est cette image qui me poursuit quand je traverse la rue, à Trans, sans regarder la maison où vivent des étrangers, des usurpateurs. Le bonheur de lire, le soir, sur le trottoir et le chant de la conversation entre ma mère et Mme Boucher. C'est comme un coup de poignard, ça me traverse de part en part, je ne peux pas m'arrêter devant la maison, il faut que je file, vite.

A Paris, la nuit, je rêve souvent des petites routes autour de Trans, toutes ces routes que nous avons parcourues, nous les enfants, sillonnant notre royaume imaginaire. Dans mes rêves, c'est comme un labyrinthe, je marche sans répit, je me perds, je tourne en rond, j'hésite à chaque carrefour, je prends la mauvaise direction. J'ai perdu la clé. Je rêve de ma mère aussi, bien sûr. Elle est vivante, elle est à Trans, je rentre en vacances, je pousse la porte et elle m'attend, assise à la table de la cuisine, en train de coudre, de repriser. Mais en même temps je sais que c'est faux, qu'elle n'est pas là, tout bascule dans la peur et l'angoisse, ma mère est un fantôme, aucun mot ne sort de sa bouche, je pleure en silence.

J'ai épousé Anne quelques mois après la mort de ma mère et rien ni personne, jamais, ne pourra racheter cette injustice : l'absence de ma mère à notre mariage. Il faut que je m'habitue à ne plus avoir de parents. Il faut que j'oublie que j'aurais pu venir à la maison, à Trans, avec Anne. Il faut que j'oublie ce qu'elles auraient pu se dire, Anne et ma mère, rien qu'elles deux, en secret. Il faut que j'oublie la vie à Trans.

De toute façon, je deviens parisien. J'ai besoin d'échappées en Bretagne, chez mes frères et sœurs, mais ce n'est plus chez moi. Chez moi, c'est Paris. Où je continue pourtant, pendant de longues années, à me sentir décalé, déphasé. En Bretagne, je ne parle presque jamais de ma vie à Paris. C'est tellement un autre monde, une autre histoire. J'aime revenir en Bretagne pour retrouver les arbres, les talus, la lumière, les gens au marché de Dol, leurs mots, leurs gestes. Mais ma vie est à Paris. Le tourbillon de la vie.

Mes frères et sœurs, eux, viennent rarement à Paris. Celle qui y séjourne le plus souvent, c'est Agnès. Mais c'est parce qu'elle est perdue. Depuis la mort de ma mère, elle alterne séjours en clinique psychiatrique et essais de vie « normale ». Elle plonge dans le désespoir le plus total puis connaît des périodes de folle exaltation. Voilà quelques années, elle pouvait encore travailler, même si c'était cahin-caha. Aujourd'hui, c'est impossible. Elle est constamment sur le fil, au bord du précipice. Elle cherche quoi faire de sa vie, entre soif d'absolu et peur de la déchéance. Elle s'approche un temps d'une communauté religieuse, fréquente d'un peu trop près une secte, s'en écarte au dernier moment. Elle est perdue avec elle-même, perdue avec le monde. Elle exige trop d'elle-même, trop du monde. Agnès, tellement drôle, tellement passionnée, tellement généreuse, quand nous étions enfants, adolescents. Agnès avec qui je ne trouve plus les mots, que je vois s'échapper, s'enfoncer, sans pouvoir rien faire. Et je m'en veux de ne pouvoir rien faire. Il faut la sauver. Mais je ne sais pas comment. Je ne sais pas si c'est seulement possible. En Bretagne, mes frères et sœurs font de leur mieux et désespèrent. Quand elle vient à Paris, je me sens criminellement impuissant.

Un soir, à la fin d'un de ses séjours chez nous, Anne, rentrant de son travail, la découvre inconsciente, allongée dans la cuisine, près du four à gaz qui siffle. Quand j'arrive à mon tour, les pompiers sont là, ils me disent qu'elle est vivante, qu'ils vont l'emmener à l'hôpital. Ils me tendent une lettre qu'elle a laissée sur la table. Elle dit qu'elle ne veut pas retourner à la clinique. Qu'elle préfère mourir. Je monte avec elle dans l'ambulance, je suis incapable de penser à quoi que ce soit, je suis dans l'ambulance avec Agnès et c'est tout ce que je sais. Je suis à côté d'elle quand elle reprend conscience, à l'hôpital, après avoir été mise hors de danger. Je la regarde. Elle me regarde. Je n'arrive pas à prononcer un seul mot. Celui qui me bouscule les lèvres, qui me cogne dans la tête, c'est : pourquoi ? Mais je ne peux pas le dire. Peut-être parce que je ne veux pas entendre la réponse. Nous nous regardons dans cette chambre d'hôpital. Elle revient de la mort. Mais comment lui dire bienvenue dans la vie, quand je vois dans ses yeux qu'elle est encore dans la mort ? Nous nous regardons longuement, une éternité. C'est toute notre vie qui passe dans cet échange de regards, l'enfance, les jeux, les rires, tout ce que nous avons fait ensemble. Nos rêves – ah, nos rêves ! Tout ce que nous ferions, quand nous serions grands. Agnès, ne t'en va pas, reste avec nous. S'il te plaît.

On trouve une nouvelle clinique, près de Paris, le temps qu'elle récupère, qu'elle reprenne pied dans la vie. C'est une belle clinique, dans un grand jardin. Mais ce sont toujours de belles cliniques et toujours de grands jardins. C'est ce que me dit le regard d'Agnès, quand je lui dis au revoir, qu'elle me fait un petit signe de la main : qu'est-ce que je vais faire dans cette belle clinique, dans ce grand jardin, qu'est-ce que ça va changer pour moi ? J'ai retrouvé une lettre qu'elle m'avait envoyée, un an plus tôt, d'une autre clinique. Elle m'écrivait : « Si tu as une idée lumineuse pour me sortir de ce merdier de bordel de merde… Là où je suis, c'est pas joli. » Non, je n'ai pas d'idée. Je me fais l'effet d'un salaud en la laissant dans cette clinique. Mais je ne sais pas quoi faire d'autre. Peut-on faire quelque chose d'autre ? Quelqu'un peut-il me le dire ?

Agnès, un jour, sort de cette clinique. Elle repart en Bretagne. Tente de vivre, enfin. Puis entre dans une autre clinique, où elle a déjà passé des jours, des semaines, des mois. Elle en sort. Vient à Paris. Puis retourne dans la clinique, avec son grand jardin.

Un soir, en mars 79, je reçois un coup de téléphone de Madeleine : la clinique vient de la prévenir qu'Agnès, la veille au soir, n'est pas rentrée. Elle est allée faire une promenade, comme souvent. Elle devait rentrer en fin d'après-midi. Mais on ne l'a pas revue. La clinique a prévenu la police, les pompiers. Ils ne l'ont pas trouvée. Rien. Aucune trace. Aucun indice. Je me dis qu'elle a peut-être pris le train pour Paris. Qu'elle est peut-être à Montparnasse, malade, perdue. Je prends ma voiture, je fonce à Montparnasse. Je fouille la gare de fond en comble, je guette l'arrivée des trains, j'attends sur le quai, je retourne dix fois, vingt fois, dans les salles d'attente, le bar-buffet. Ce que je fais n'a aucun sens, je le sais bien, mais comment rester à attendre, sans rien faire ? Le lendemain matin, je prends le premier train pour Rennes. Voyage interminable, tout ce temps perdu alors qu'il y a urgence. Et, en même temps, délai de grâce avant l'inéluctable, que je pressens. À Rennes, je retrouve Jean et Bernard. Nous allons aussitôt à la clinique, où on nous dit qu'il n'y a rien à faire, que les recherches ont cessé, qu'on ne la retrouvera pas. Alors nous décidons d'aller nous-mêmes à sa recherche, en maudissant ces incapables qui baissent les bras, qui se résignent. Une rivière traverse le grand jardin de la clinique, puis continue à travers les bois et les champs. Sans trop réfléchir, parce qu'il faut bien commencer par un bout, nous suivons la rivière. Au-delà du jardin, quelques centaines de mètres à peine, nous passons sur un pont. Instinctivement, nous regardons l'eau, au-dessous. Là, au milieu de branchages retenus par des herbes, une tache de couleur. Le cœur nous saute à la gorge : le manteau d'Agnès. Nous regardons plus attentivement, peut-être est-ce un simple bout de chiffon, un morceau d'étoffe tombé dans la rivière. Nous nous penchons, nous regardons. Et nous croyons mourir : oui, c'est le manteau d'Agnès. C'est Agnès, retenue par les branchages, au milieu de la rivière. Nous sommes incapables de bouger, de parler. L'un de nous a d'abord dit, à voix basse : « On dirait Agnès. » Les autres ont dit : « Tu crois ? » Puis : « Oui, c'est elle. » Nous restons sur le pont, hypnotisés, pétrifiés. Mais il faut bouger, faire quelque chose, prévenir. Nous traversons le pont. En amont, sur le bord de l'eau, comme une petite crique, nous voyons soudain un parapluie ouvert, posé sur le sable. Le parapluie d'Agnès. Elle est venue jusqu'ici, sous la pluie. Elle a posé son parapluie sur le sable. Elle est entrée dans l'eau. Elle s'est laissée emporter. Je pleure, en voyant ce parapluie, j'ai envie de hurler, je ne veux pas imaginer Agnès entrant dans l'eau, se laissant emporter.

Ces secondes où nous restons là, figés, au bord de l'eau, nous semblent une éternité. Puis, d'un seul coup, d'un même mouvement, nous partons, nous courons vers la clinique. Nous bougeons comme dans un rêve, un cauchemar, ça ne peut pas être nous, ici, sur le bord de cette rivière, ça ne peut pas être Agnès, au milieu de cette rivière. Comme si c'était quelqu'un d'autre en nous qui parlait, nous prévenons la directrice, qui n'a pas l'air de nous croire. Alors nous appelons nous-mêmes les pompiers, qui, eux, ne nous croient pas du tout : ils ont fouillé, cherché, ils n'ont rien trouvé, nous devons confondre, ce n'est qu'un morceau d'étoffe, nous devrions nous calmer, leur faire confiance. Le cauchemar continue : pourquoi faut-il que nous soyons là, au téléphone, à essayer de convaincre des pompiers que c'est bien notre sœur que nous venons de voir, noyée dans la rivière, pourquoi faut-il que nous soyons obligés de donner des détails, de nous justifier, alors que nous n'avons qu'une envie, partir, vomir, nous cacher n'importe où ?

Enfin ils se laissent convaincre et nous les retrouvons sur le pont, regardant, comme nous tout à l'heure, cette tache de couleur au milieu des branchages. Ils prennent une longue gaffe et tentent de dégager puis d'agripper cette étoffe de couleur. Ils écartent les branchages et voici qu'apparaît Agnès, le corps d'Agnès, cette fois c'est sûr, il n'y a plus de doute possible, Agnès serrée dans son manteau. Mais ils s'y prennent mal, et Agnès, dégagée des branchages, est emportée par le courant, passe sous le pont, descend au fil de l'eau, doucement, heurtant les herbes et les roseaux, Agnès noyée s'échappant, disparaissant, tache de couleur portée par la rivière. Les pompiers courent sur la rive, des gens sont là, des badauds, qui regardent, montrent la rivière du doigt, commentent, bavardent, s'interpellent, j'ai envie de hurler partez d'ici, foutez le camp, c'est ma sœur qui est morte, c'est ma sœur qui s'est tuée, partez, vous n'avez rien à faire ici, laissez-moi, laissez-nous avec elle.

Finalement, au pont suivant, les pompiers parviennent à l'arrêter, à l'agripper puis à la hisser. La voici, gisant à leurs pieds, à nos pieds, Agnès qui est morte et que je ne peux pas regarder. Non, pas son visage, impossible, je ne peux pas, je ne veux pas. Nous voici, tous les trois, Jean, Bernard et moi, incapables de la regarder, de nous regarder. Heureusement, après tout va très vite, une série de gestes techniques, professionnels, le corps d'Agnès emporté par les pompiers jusqu'à l'ambulance, tout va très vite, il ne faut pas rester là, il faut oublier les badauds qui regardent, qui attendent, il faut partir, vite.

Il y aura l'autopsie, la liste des médicaments absorbés. Il y aura les gendarmes, les papiers, les démarches. Se retrouver, une fois de plus, entre frères et sœurs parce qu'il y a un mort dans la famille. Penser à l'enterrement. Préparer l'enterrement. L'Église autorise-t-elle les messes d'enterrement pour les suicidés ? Le recteur de Trans, qui m'a vu servir la messe, qui nous connaît tous, qui connaissait Agnès, ne se préoccupe pas de la doctrine de l'Église. Et nous nous retrouvons, une fois de plus, à l'église de Trans, pour un enterrement. Mais cette fois, c'est l'un d'entre nous, les enfants, qui est mort. C'est Agnès, la plus fragile d'entre nous. Qui a souffert plus qu'aucun d'entre nous. Qui aimait tellement la vie, le bonheur. Et à qui la vie, le bonheur ont été refusés. Agnès vers qui ma mère, juste avant de mourir, a tendu les bras. Pourquoi elle, pourquoi cette main du malheur posée sur sa tête ? Pourquoi n'avons-nous pas su la protéger du malheur ? Qu'aurions-nous dû faire ?

Nous l'enterrons au petit cimetière de Trans, à

côté de nos parents et c'est trop d'amour et de manque d'amour, ces trois tombes l'une à côté de l'autre. Il y a maintenant, au cimetière de Trans, ces trois noms inscrits sur trois pierres tombales : Henri Rémond, Angèle Rémond, Agnès Rémond. Je n'y vais presque jamais. Je n'aime pas déposer des fleurs sur les tombes, rester debout devant les tombes, regarder ces trois noms sur les tombes. Je maudis la mort, je maudis les tombes.

J'ai ces photos, que je regarde furtivement, que je ne peux regarder que furtivement. Ces photos du bonheur à Trans, dans la cuisine ou devant la maison, un jour de grand soleil, ou au bord de l'étang de Villecartier, en forêt. Nous les enfants, soudés par notre histoire, depuis Mortain, l'aventure de la guerre, du débarquement, jusqu'au paradis des jeux, des rêves, des rites et des secrets. Ma mère au soleil, qui caresse le chien. Et puis cette photo de mon père, peu de temps avant sa mort, dans un costume noir, un peu à l'écart du groupe familial. Il sourit, il essaie de sourire, on voit déjà l'ombre de la mort sur son visage, mais il sourit bravement, mon père que je n'ai pas su aimer. Ces derniers temps, j'ai rêvé de lui, souvent. Dans mes rêves, il est à la maison, à Trans, il m'attend, il attend quelque chose de moi. Il a l'âge qu'il avait à sa mort, j'ai l'âge que j'ai aujourd'hui. Nous avons donc exactement le même âge : cinquante-trois ans. Nous sommes seuls, je suis gêné de le savoir là, je ne sais pas quoi lui dire, j'ai peur que recommencent les scènes que j'ai connues, enfant, quand il se battait avec ma mère. Il attend, il compte sur moi, il est confiant. Et moi je me demande : que dois-je faire de lui ? Que dois-je faire de mon père ?

J'ai écrit ce livre pour en finir avec la guerre. La maison de Mortain a été détruite, la maison du Teilleul a été détruite, la maison de Trans a été vendue. Mon père est mort, ma mère est morte, ma sœur est morte. Je veux vivre en paix avec tous, les vivants et les morts.

UN JEUNE HOMME EST PASSÉ

So happy just to be alive
underneath this sky of blue…

Bob Dylan, *New Morning*

Pour ceux que j'aime, Anne, Thomas, Cécile et Marie.
Et pour Charles Blanchet, qui m'a ouvert le monde.

L'enveloppe est là, devant moi, sur la table. Une grosse enveloppe de papier kraft. J'en retire doucement le contenu, en faisant attention de ne rien abîmer. J'ai dans la main un paquet de lettres, plus d'une centaine, écrites à l'encre violette. La première est datée du 8 novembre 1930, la dernière du 19 août 1931. Ce sont des lettres de mon père à ses parents et à sa sœur Rosalie. Il avait vingt et un ans, il faisait son service militaire au Maroc. Ces lettres, je les ai découvertes il y a seulement quelques mois. Je venais tout juste de publier un livre où je racontais l'histoire de mes parents, l'histoire de ma famille. Mon histoire avec mon père, mort l'année de mes quinze ans, qui m'était jusqu'au bout resté un étranger, et que j'aurais tant aimé aimer.

Le livre sorti, je pense tous les jours à mon père, c'est comme si je l'avais fait revivre, il est là dans ma tête, je le vois, je lui parle. Je suis furieux parce que j'ai écrit que mon père rentrant ivre le soir, à la maison, la guerre reprenait entre mes parents et qu'il y avait parfois des coups entre eux. J'ai lu alors, dans la presse, des articles qui disaient que mon père était violent, qu'il battait ma mère, qu'il nous battait, nous les enfants. Jamais, jamais mon père ne nous a battus. Jamais. La guerre, c'était celle des mots, les cris, les insultes. Et parfois, c'est vrai, les coups entre eux. Mais jamais mon père ne nous a battus, jamais il n'a battu ma mère. Le père ivrogne qui bat sa femme et ses enfants, ça n'a rien à voir avec ce que j'ai vécu. Je ne l'ai pas écrit, je n'ai pas écrit une ligne qui puisse laisser croire que mon père nous battait. Je suis furieux contre moi pour avoir écrit ce mot, les « coups », pour avoir laissé échapper ce mot sans précautions, sans faire attention, sans l'expliquer. Oui, parfois, mon père et ma mère se sont battus. Mais mon père n'a jamais battu ma mère. Il ne nous a jamais battus. Pourquoi ai-je écrit ce mot, pourquoi ne l'ai-je pas biffé, ou expliqué ?

Je parle à mon père, dans ma tête, après avoir lu ces articles dans la presse. Je lui dis que je n'ai pas écrit cela, que je n'ai jamais écrit qu'il était violent. Je lui dis que je suis désolé, je lui demande pardon. Je lui dis que j'ai écrit ce livre pour lui dire combien il m'avait manqué, combien, en l'écrivant, je comprenais que je l'aimais.

Je lui dis qu'on va continuer à se parler, à se dire tout ce qu'on n'a pas pu se dire, pendant ces quinze années où on s'est connus sans se connaître. Et puis voilà que ma sœur Madeleine m'appelle, elle me dit qu'elle vient de trouver toutes ces lettres, dans l'armoire de Rosalie, la sœur de mon père, qui ne se souvenait pas les avoir gardées. Les lettres écrites par mon père alors qu'il faisait son service militaire au Maroc. Et les voici, devant moi, dans cette enveloppe de papier kraft. Ces dizaines de lettres écrites entre le 8 novembre 1930 et le 19 août 1931, au rythme d'une tous les deux ou trois jours, parfois même, certaines semaines, tous les jours. Les lettres d'un jeune homme de vingt et un ans qui quitte son petit coin de Bretagne pour la première fois et se retrouve au Maroc, d'abord à Oujda, puis à Taza, dans le Sud marocain. Je suis tellement heureux de les découvrir, ces lettres écrites par mon père, alors que je suis furieux contre moi-même, contre ces articles qui ont tout compris de travers, par ma faute. Je vais à la rencontre d'un jeune homme qui deviendra mon père. Je vais apprendre à connaître celui qui ne m'a presque rien dit de lui. Je vais lire les lettres de celui qui ne m'a jamais écrit une seule lettre. Tout ce courrier d'un seul coup, alors que je viens, moi, de lui écrire une longue lettre, ce livre où je lui dis que je ne sais rien de lui. Et qu'il m'a tellement manqué.

C'est un drôle de soldat, mon père, au Maroc. D'abord, à peine arrivé à Taza, il tombe malade. Une bronchite qui tourne mal, la fièvre qui monte, le voilà pour des semaines à l'hôpital militaire. Il ne se remettra jamais complètement, passant le plus clair de son temps, sauf les toutes dernières semaines, entre l'infirmerie et l'hôpital militaire. Très vite, il n'a qu'une obsession : profiter de sa maladie pour se faire réformer. Et retourner le plus rapidement possible à Meillac, retrouver la petite ferme de ses parents. Malade, oui. Mais surtout du mal du pays. Dès sa première lettre, il compte le nombre de jours qui le séparent de son retour à Meillac. Il imagine le jour de ce retour, la première bolée de cidre à la ferme. Il est physiquement à Taza, dans le Sud marocain, mais il ne rêve, il ne parle que de Meillac. Il demande sans cesse des nouvelles de la ferme, les pommes, le cidre, les labours, le blé… Il s'inquiète de savoir si son père s'en sortira sans lui. Il imagine ce qui se passe, là-bas, ce qu'on fait, ce qu'on dit, ce que deviennent les uns et les autres. Il supplie qu'on lui écrive tous les jours, il se plaint quand il reste plusieurs jours sans nouvelles, alors que lui écrit de si longues lettres. Presque chacune de ses lettres se termine par ces mots : écrivez-moi, écrivez-moi… Il a aussi une autre requête, qui revient comme une litanie, enrobée de mille précautions oratoires : il n'a pas un sou, il ne peut rien acheter, si ses parents pouvaient lui envoyer un peu d'argent… Il sait bien que ses parents n'ont pas grand-chose, qu'ils tirent le diable par la queue, il ne veut surtout pas avoir l'air d'exiger, de réclamer comme un gosse de riche. Mais enfin, s'ils pouvaient faire un geste, lui envoyer juste un petit mandat, parce que, vraiment, il manque de tout.

Voilà ce que disent ses lettres, écrites sur du papier de fortune, à l'encre violette, presque chaque jour, à Taza, dans le Sud du Maroc. Je l'imagine, à le lire, plutôt tire-au-flanc, pas pressé du tout de quitter l'infirmerie pour rejoindre les autres, qui passent leur temps à crapahuter sous le soleil. Rester à l'infirmerie, à défaut de se faire rapatrier pour raisons médicales, voilà qui lui conviendrait. Et c'est effectivement ce qui se passe : il devient une sorte de permanent de l'infirmerie, dont il finit par connaître parfaitement le fonctionnement. À tel point qu'on va lui en confier la responsabilité matérielle : rangement, propreté, entretien. Il découvre qu'il aime ça, animer une équipe, organiser le travail. Il découvre aussi qu'on l'apprécie dans cette tâche. Quinze ans plus tard, il réussira le concours de chef cantonnier. Peut-être est-ce là, à l'infirmerie de Taza, qu'il a pris goût à ce rôle de chef d'équipe. Peut-être s'est-il dit, dès ce moment-là, qu'il ne resterait pas forcément paysan, comme son père et son grand-père. Je n'en sais rien, bien sûr. J'imagine. Parce que je sais ce qu'est devenu ce jeune homme de vingt et un ans, mon père.

Mais les dernières semaines, les choses changent. Finie, la planque à l'infirmerie. On décide, en haut lieu, qu'il n'est plus malade. Et qu'il n'y a aucune raison qu'il échappe au crapahutage, aux longues marches dans les cailloux. Le voilà donc sac au dos, passant ses journées dans la montagne, en plein soleil. Le voilà qui découvre ce pays dont, jusqu'ici, il n'a pas vu grand-chose, confiné dans l'infirmerie, tout à sa nostalgie de Meillac. Il fait l'expérience brute de la chaleur, de ce climat âpre et sec, à mille lieues de la douceur de sa Bretagne natale. Le soleil, le sud, des journées entières dans la chaleur, l'intensité de l'effort physique, à buter sur les caillasses : il s'aperçoit qu'il aime ça, lui, le petit paysan de Meillac. Mais ce ne sont que quelques lettres, les dernières, qui me disent cela, brièvement. Quelques phrases jetées, le soir, à l'encre violette, avant le retour en France, avant le retour à Meillac. J'aurais aimé en savoir plus sur cet affrontement concret, sensuel, avec la terre du Sud, le silence de la montagne, les odeurs des plantes au soleil, la vibration de l'air. Juste pour y retrouver l'écho de ce que j'ai vécu, moi aussi, en terre du Sud…

Mais les lettres, déjà, anticipent le retour à la ferme, les retrouvailles avec la famille, ce moment qu'il a tant attendu. Elles sont surtout, ces dernières lettres, voilées d'une inquiétude : il a appris que son père était malade, il se demande si c'est grave, il essaie de se rassurer. Il n'imagine pas le pire, qui arrivera peu après son retour à Meillac : la mort de son père, de mon grand-père. Et moi, lisant ces lettres, je pense à ce grand-père que je n'ai pas connu. Je pense à mon père, mort si jeune, à cinquante-trois ans. Qui ne m'a jamais parlé du Maroc, de ces quelques mois passés au Maroc.

Le Maroc, pour moi, enfant, c'était le nom d'un hameau, à Meillac, à quelques kilomètres de Chantepie, où vivait alors ma grand-mère. On prenait un chemin creux, qui s'appelait le Chemin vert, pour aller à pied de la ferme de ma tante, à Combourg, jusqu'à Chantepie. Et quelqu'un disait, tiens, on passe au Maroc. C'était un délicieux frisson, dans ma tête d'enfant, de me retrouver soudain au Maroc, en marchant sous la voûte de verdure du Chemin vert. Sans doute celui qui vivait là, qui avait baptisé sa ferme ainsi, avait-il fait, lui aussi, son service militaire au Maroc. Pourquoi n'ai-je pas le moindre souvenir d'une réflexion de mon père, quand nous marchions dans ce chemin creux, entre Combourg et Chantepie ? Comme j'aurais aimé, me dis-je aujourd'hui, après avoir lu toutes ces lettres, qu'il me parle de ces quelques mois à Taza, au Maroc.

Comme j'aurais aimé, simplement, qu'il me parle. Mais c'était peut-être moi qui n'écoutais pas. Qui ne voulais pas entendre.

Lisant ces lettres, aujourd'hui, je me dis que la vie est étrange. Parce que j'ai moi aussi fait mon service militaire en Afrique du Nord. Pas au Maroc : en Algérie. J'ai eu vingt ans en Algérie. Coopérant, instituteur. Et lire les lettres de mon père m'a fait penser à mes vingt ans en Algérie. Où je voulais réparer. Oui, réparer tout le mal qu'on avait fait aux Algériens. C'est ce mot que j'avais alors en tête : réparer. Un mot un peu bête, je le crains, un peu niais. Très catho, finalement : réparer les offenses. C'était moi, à vingt ans, c'était ma conviction de jeune catho engagé. On se prend très au sérieux, quand on a vingt ans. Pas vraiment idéologique, cette idée de réparation, de vouloir aller en Algérie, cinq ans après l'indépendance, pour réparer. Morale, plutôt. Toute une éducation, toute une histoire. Je vais en parler, de l'Algérie. De mes vingt ans en Algérie. Mais il faut d'abord que je tire cette histoire au clair. Cette histoire de catho engagé. Il faut que je remonte à l'origine, à la source. La religion et la politique. L'éducation, la morale. Comment on est catho, comment on naît catho. Comment la politique arrive. C'est l'histoire de ma famille, c'est l'histoire de mon père. C'est mon histoire.

Je suis né dans une famille nombreuse, bretonne, catholique. J'aurais pu naître bouddhiste, juif, protestant, musulman. Ou athée. Ou rien de tout ça. J'aurais vécu autrement, avec d'autres idées, d'autres croyances. On ne choisit pas sa naissance. Après, on fait ce qu'on veut, ce qu'on peut. À chacun de s'en débrouiller. Chez moi, dans ma famille, être catholique, c'est une évidence. Longue lignée, du côté de mon père et de ma mère, de familles catholiques. Mais ce n'est pas un simple héritage, une étiquette commode. On y croit, on en vit, vraiment, réellement. À Trans, en Bretagne, dans les années cinquante, dans ce bourg de huit cents habitants perché au-dessus de la baie du Mont-Saint-Michel, notre vie tourne autour de l'Église. La messe, les fêtes religieuses, les sacrements, la confirmation, la communion solennelle… Toute notre vie est rythmée par le catholicisme. Rien à voir avec la bigoterie, le dolorisme coincé, chafouin, sinistre, qui fait alors tant de ravages. Je ne veux pas embellir, mais je crois pouvoir dire qu'on avait la religion joyeuse. Beaucoup de liberté, d'improvisation, dans notre façon d'être catholiques. Pas de bénédicité avant les repas, ni de prière du soir en famille, rien de ce genre-là, absolument rien. On va à la messe le dimanche, qui est une grande fête ; on va au catéchisme, qui n'est pas une fête du tout et qu'on aime beaucoup moins, avec son jeu débile de questions-réponses et ses horribles histoires de péché mortel, d'enfer et de purgatoire. On adore la procession de la Fête-Dieu, avec les reposoirs, les pétales de fleurs jetés sur la route, devant le saint sacrement. On lit la presse catholique pour jeunes, pleine d'aventures, de bandes dessinées, qui parle d'une vie ouverte, généreuse, fraternelle. On est une famille un peu bizarre, dix enfants débarqués là, l'été 1952, venus d'ailleurs, une famille aventureuse, anticonformiste, pas vraiment du genre discret, une tribu plutôt grande gueule, qui se fait vite remarquer. On est de bons catholiques, pratiquants et tout, mais le recteur se méfie de nous, il se demande toujours, avec nous, si c'est du lard ou du cochon. Il nous arrive plein d'aventures, la maison est grande ouverte, les gosses du bourg sont toujours fourrés chez nous, on les embarque dans nos balades, dans nos jeux, on fait un peu concurrence au recteur, voilà la vérité. On ne se gêne pas pour critiquer ses sermons, au recteur, on se moque des grenouilles de bénitier locales, qu'on appelle les saintes femmes, à la messe tous les matins, toujours à faire la morale, à prendre des airs pincés, à vouloir régenter les esprits.

Il y a aussi la confession. La confession, c'est magique. Bon, au départ, c'est un mauvais moment à passer, à genoux dans un confessionnal sombre et qui sent le vieux, le rance et la mort, le recteur à l'haleine de papier mâché qui ouvre la petite porte en bois, la liste de péchés qu'on se dépêche de balancer à travers la grille, le petit sermon du recteur et la pénitence, trois Notre-Père et dix Je vous salue Marie. Mais après, quand on sort de l'église et qu'on se retrouve dehors, au grand jour, quelle extraordinaire sensation de bonheur, de bien-être : tout est effacé, balayé, on a l'âme toute blanche, toute pure, on est aussi innocent que le bébé qui vient de naître, on a envie de rester là, dehors, sur la place de l'église, suspendu dans cet instant béni, avant de retrouver la vraie vie, la vie quotidienne, et donc, forcément, de recommencer à pécher. C'est une invention géniale, la confession, je n'en connais pas d'autres qui vous nettoient ainsi de fond en comble, qui vous font devenir beau, neuf, pur, c'est miraculeux quand on est enfant (bien entendu, je changerai d'avis – et je n'ai pas changé d'avis sur ce changement d'avis).

Cela dit, j'ai un souvenir bizarre, mélangé, de ma toute première confession. Je devais avoir sept ans. Au catéchisme, le recteur nous avait tout bien expliqué, la liste des péchés à préparer, genre liste type : j'ai menti, j'ai désobéi à mes parents, j'ai dit des gros mots... Mais le jour J, quand je me suis retrouvé enfermé dans ce vieux confessionnal, je suis resté sec. Impossible de me souvenir de la liste. Alors le recteur, secourable, s'est mis à me poser des questions : Est-ce que tu as menti ? Est-ce que tu as dit des gros mots ? Moi, j'étais tellement pétrifié, tétanisé, je répondais oui à tout. Le recteur, alors, a décidé de s'amuser. Il m'a demandé : As-tu tué ton père et ta mère ? Évidemment, j'ai répondu oui. Ça l'a bien fait rire. Plus tard, il est allé voir mes parents. Il leur a dit qu'il était bien content de les voir, parce que, d'après ce que je venais de lui dire en confession, je les avais tués. Tout le monde a ri. Sauf moi. Je croyais que c'était secret, la confession. C'est le recteur qui nous l'avait expliqué. C'est même pour ça qu'on pouvait tout dire, en toute confiance. D'accord, j'avais raconté n'importe quoi, dans le confessionnal. Mais ce qui est secret est secret. Le recteur n'avait pas le droit. Point final. Aujourd'hui, c'est une histoire qui fait partie de la légende familiale, qu'on raconte rituellement, comme tant d'autres. Moi, je pense toujours au petit garçon de sept ans qui, ce jour-là, s'est senti trahi.

J'ai un autre souvenir, qui a rapport à la vie éternelle. Je dois avoir dix ans. Je marche seul, à Trans, sur le chemin qui mène au château de la Villarmois et, au-delà, à la forêt de Villecartier. En marchant, je regarde les hauts peupliers qui bordent le chemin et, au-dessus, le ciel d'été. Soudain me transperce comme une flèche le mot « toujours », que je ne cesse de répéter. Je me dis que la vie ne peut pas finir, que c'est impossible, qu'il ne peut pas y avoir ce grand trou noir et puis plus rien, à jamais. Il y a forcément quelque chose après, une vie qui ne peut être qu'éternelle, durer éternellement, pour toujours. La vie ne s'arrête pas, ce n'est pas possible, je refuse de toutes mes forces qu'elle bascule dans le néant, dans le noir, ma vie et celle de tous les humains, depuis le début du monde. En même temps, l'idée d'éternité me semble inconcevable, je n'arrive pas à imaginer ce que ça peut vouloir dire, vivre pour toujours, être vivant à jamais. L'éternité est vertigineuse, c'est une spirale qui m'aspire, toute chose a forcément une fin, comment peut-on imaginer la vie à jamais, pour toujours ? Je suis suffoqué, le cœur dans la gorge, je suis obligé de m'arrêter, sur ce chemin bordé de peupliers, je répète sans arrêt dans ma tête, comme un somnambule, le mot « toujours ». La vie est forcément pour toujours, mais toujours est impossible, me dis-je sur le chemin de la Villarmois, à Trans, un jour d'été. Et j'entends battre mon cœur en écrivant ces mots.

Tout petit, on m'avait demandé ce que je voulais faire, plus tard. J'avais répondu : gendarme ou pape. Finalement, j'ai décidé de devenir prêtre. J'imagine qu'on m'a aidé à le décider, sans aller jusqu'à le décider pour moi. Dans une famille comme la mienne, bretonne, catholique et nombreuse, avoir un prêtre c'est presque un classique. Il y en avait déjà un dans ma famille paternelle : mon oncle Jean, le frère aîné de mon père, était membre d'une congrégation religieuse, la congrégation de Sainte-Croix. Je suppose que son influence a dû jouer dans ma décision. Mais le coup de pouce du destin, c'est que cette congrégation avait un petit séminaire à Dinan, à une cinquantaine de kilomètres de Trans. Les pensionnaires suivaient les cours aux Cordeliers, le grand lycée privé de Dinan, le reste de leur vie quotidienne se déroulant à Sainte-Croix, ainsi que s'appelait ce petit séminaire. Financièrement, cette solution présentait de sérieux avantages. Bien sûr, j'avais passé un examen pour obtenir une bourse, comme mes frères et sœurs qui allaient en pension. Mais pour mes parents, qui n'avaient pas le sou, les petits arrangements avec la congrégation de Sainte-Croix, par l'intermédiaire de mon oncle, n'étaient pas rien. Mon frère Jacques, l'année d'avant, avait déjà suivi cette voie. Voilà comment et pourquoi, en octobre 1957, j'entrai à mon tour à Sainte-Croix. Messe tous les matins, vêpres et complies le dimanche, chapelet tous les jours, prières, méditations, chemin de croix, lectures pieuses pendant les repas… C'était du sérieux. Même si c'était un petit séminaire, comment dire, optionnel. Beaucoup de pensionnaires étaient là grâce au travail efficace d'un agent recruteur qui écumait les écoles des environs, faisant miroiter aux enfants des campagnes les multiples avantages de l'état religieux. Ils n'avaient pas forcément la vocation. Mais il n'était pas exclu qu'ils puissent l'avoir. Au final, pourtant, bien peu persévéraient, malgré les efforts des pères de Sainte-Croix. La plupart, à l'instar de mon frère Jacques, une fois passé leur bac, filaient à l'université.

Moi, j'y croyais. Je voulais vraiment être prêtre, devenir à mon tour un père de Sainte-Croix. Pourquoi ? Parce que je m'y voyais. Je m'imaginais très bien prêtre, célébrant la messe, faisant des sermons, animant, discourant, portant la bonne parole. Bien sûr, dans les premières années, j'eus ma période missionnaire : j'avais lu la vie de saint François-Xavier, allant jusqu'en Chine, mourant aux portes du Japon, j'en étais sorti plein de fièvre, d'exaltation. J'irais moi aussi là-bas, à l'autre bout du monde, au péril de ma vie, prêcher l'Évangile. Les pères de Sainte-Croix avaient des missions en Inde, au Pakistan, en Amérique du Sud. Ça m'allait très bien. Je ne détestais pas non plus me voir en martyr. Martyr, c'était du sérieux, ça avait de la classe. Plus tard, adolescent, j'eus ma phase prêtre-ouvrier. J'avais lu, cette fois, le fracassant roman de Gilbert Cesbron, *Les saints vont en enfer*. L'enfer, c'était la banlieue, les bidonvilles, le monde ouvrier, où les prêtres, au lieu de frimer en soutane, se faisaient pauvres parmi les pauvres, ouvriers parmi les ouvriers. Le Vatican venait de les rappeler à l'ordre, leur interdisant de continuer cette « expérience ». Mais bon nombre avaient décidé de passer outre. Le soir, au dortoir, dans ma petite ville de province, je me rêvais sillonnant de lointaines banlieues en moto, serré dans une vieille canadienne (la canadienne me paraissait un accessoire indispensable), travaillant le jour à la chaîne, célébrant la messe le soir dans une espèce de hangar sordide. Je ne connaissais que la campagne, le bourg de Trans, les fermes, les champs et puis

Dinan, frileuse petite ville médiévale. Mais je rêvais de banlieues pourries, de grands ensembles inhumains, de bidonvilles pour sous-prolétaires. Là, me disais-je, était la vraie vie, la solidarité, la fraternité, les vraies bagarres, les vrais enjeux. Là était la place d'un prêtre moderne. En canadienne.

J'avais la foi. Pas seulement la foi transmise, reçue en héritage à ma naissance, ce genre de foi qui est une habitude sociale et culturelle, qui se délite peu à peu. Non : la foi intime en un Dieu personnel. Une foi totale, raisonnée, assumée. Une affaire entre Dieu et moi. Entre le Christ et moi. Ce sont des mots que je n'hésite pas à écrire : ils sont vrais, ils sont justes. À Sainte-Croix, à Dinan, on ne faisait pas dans le genre vieille Église pantouflarde et recroquevillée. On discutait, on débattait, on se tenait au courant de tout ce qui se passait, on parlait faim dans le monde, pays sous-développés, justice sociale. On suivait, surtout, les débuts du concile Vatican II, cette vaste entreprise de décrassage, de dépoussiérage de l'Église. Je crois pouvoir dire que j'ai vécu, à Dinan, entre la fin des années cinquante et le début des années soixante, une vie stimulante, passionnante. Même si tant de choses me pesaient : le chapelet, le chemin de croix, les repas en silence pendant le Carême… Il y avait, surtout, le cafard des jours de rentrée, le grand dortoir si froid, si noir, et les mois sans retourner à Trans, sans revoir la famille, la tribu, les petites routes et la forêt de Villecartier. Il y avait, bien pire, le malheur sans nom de la guerre entre mes parents, la guerre sans trêve ni fin. Et puis la mort de mon père, ce jour d'août 1962, cet étranger, à jamais. Et ma honte, ma terrible honte, d'en être soulagé.

En terminale, grand chambardement. J'ai dix-sept ans, c'est le plus bel âge de la vie. Mon professeur de philo s'appelle Charles Blanchet. Je veux écrire son nom, parce que je lui dois tout. Absolument tout. Charles Blanchet est un tourbillon, une tornade. Avec lui, tout entre d'un seul coup dans la classe : la littérature, le cinéma, l'art, la politique, la vie – tout. Sartre, Camus, Malraux, Merleau-Ponty, Ricœur, Bergman, Antonioni, Godard, Mauriac, Éluard, Rimbaud, Dostoïevski, Kierkegaard, Proust, Husserl, Heidegger… Les murs s'écroulent, l'horizon se découvre à l'infini, le vent s'engouffre en tempête. J'ai l'impression que j'ai tout à apprendre, que je ne sais rien, j'ai une fringale de savoir, d'expérience, de vie, j'ai un appétit d'ogre. Je réalise qu'intellectuellement, culturellement, j'ai jusqu'ici été bien sage, bien conformiste, enfermé dans mes petites certitudes, mes petites convictions. Avec Charles Blanchet, c'est le vertige de la liberté, l'irruption de toutes les grandes questions, le doute systématique, le bras-le-corps avec la mort, avec Dieu, avec le sens et les valeurs. C'est un maelström, la remise en question de tout. Et d'abord de cette conviction, qui semble aller de soi : le désir d'être prêtre. Qu'est-ce que ça veut dire vouloir être prêtre ? À quoi ça rime ? Suis-je sûr d'avoir la vocation ? Qu'est-ce que c'est, d'abord, la vocation ? Est-on vraiment appelé ? Par qui ? L'injustice est partout, en France et dans le monde. Le mal est au cœur de l'homme. Les grandes questions sont sans réponse. J'ai tout à apprendre, tout à vivre. Qu'est-ce que c'est que cette histoire de vouloir être prêtre, de vouloir m'enfermer dans un rôle, un statut, d'exclure tous les possibles ? Suis-je vraiment libre en disant que je veux être prêtre ? N'est-ce pas plutôt le poids sur moi de mon histoire personnelle, de ma culture, de ma famille ? Tout s'ébranle, tout s'écroule. En plus, il y a urgence : si je fais le grand saut, si je choisis malgré tout de m'engager dans la prêtrise, c'est pour l'an prochain, après le bac.

Charles Blanchet a la passion de la philosophie, mais aussi de la politique. J'apprendrai qu'il milite au PSU. Moi, depuis tout petit, je me tiens au courant de tout. Diên Biên Phû, Suez, Budapest, la guerre d'Algérie, Kennedy, Cuba, de Gaulle… Chez moi, famille nombreuse, bretonne et catholique, on est de droite. Mon père, surtout, qui a milité à droite, avant-guerre, dans des syndicats paysans. Ce qui ne l'a pas empêché, à Trans, de fonder le comité des fêtes avec un communiste, ancien des Brigades internationales, M. Mazurage. On est de droite, mais on bascule à gauche, insensiblement. Mon frère Jean s'inscrit au PSU. Henri est responsable national du MRJC au moment où ce mouvement agricole chrétien noue des alliances à gauche et se fait rappeler à l'ordre. Avec Charles Blanchet, je me retrouve chez moi. À gauche. Antigaulliste. Mais jamais, jamais, ni communiste, ni fasciné par le communisme. Je me sens complètement allergique au communisme, pour des raisons philosophiques et morales : une conception de l'homme, des relations entre les hommes, à laquelle je ne peux pas adhérer. Une réaction de chrétien, pour une bonne part. L'influence, sans doute, d'Emmanuel Mounier, l'un des maîtres de Charles Blanchet. Le communisme est pour moi antinomique avec une certaine idée de la dignité de l'homme, de la liberté. Voilà ma famille : les cathos de gauche.

Un autre événement, dont je laisserai le lecteur apprécier la portée, marque cette année de terminale : pour la première fois dans l'histoire des Cordeliers, vénérable institution, des filles viennent assister aux cours. Jusqu'ici, les choses étaient simples : les gars avec les gars, les filles avec les filles. Mais voici que les demoiselles de Notre-Dame-de-la-Victoire se voient dépourvues, en cette rentrée 1963, de professeur de philosophie. Les Cordeliers, brisant un tabou, décident de les accueillir. Et c'est ainsi que tous les jours, sur les bancs de la classe de philo, nous côtoyons les filles, discutons avec elles, rêvons avec elles, respirons leur parfum. Je n'oublie pas (je vous remercie de me le rappeler) que je suis censé devenir prêtre, donc voué au célibat. Mais, bon. Les filles de Notre-Dame-de-la-Victoire, aux cours de Charles Blanchet, en cette année 63-64, c'est du bonheur en plus. Du trouble aussi, quand on est censé se décider d'ici la fin de l'année sur la poursuite, ou pas, de sa vocation religieuse…

J'ai l'impression de vivre une année tellement extraordinaire, tellement bouleversante que je me moque comme d'une guigne de mes résultats scolaires. Moi, le bon élève, habitué aux prix d'excellence, je proclame *urbi et orbi* que ça m'est complètement égal de ne pas avoir mon bac. Sans doute une façon de ne pas vouloir affronter la décision qu'il va bien falloir que je prenne : *to be or not to be* religieux de Sainte-Croix. Finalement, j'ai le bac. Et je pars au Canada. Pour y faire quoi ? Mon noviciat. Chez les pères de Sainte-Croix. Voilà qui demande, j'imagine, une petite explication. Fondée en France au XIXe siècle, la congrégation de Sainte-Croix, qui fut florissante, dut s'expatrier outre-Atlantique, à cause des lois de 1905 contre les congrégations religieuses. Au Canada et aux

États-Unis, elle a joliment prospéré, en hommes et en biens. En France, par contre, ça ne va pas très fort. Malgré un certain renouveau à partir des années trente, les recrues ne sont pas assez nombreuses pour faire tourner la machine. Voilà pourquoi les volontaires français (dont je fais dorénavant partie) vont passer leur noviciat au Canada, là où on a les moyens. Quant au noviciat lui-même, tout le monde ne sait peut-être pas qu'il s'agit de la première année de formation lorsqu'on entre dans une communauté religieuse. Des études strictement spirituelles, dans le silence, la contemplation et le travail manuel. Oui, vous avez bien lu : voilà dans quoi je m'embarque, après cette folle année de remue-ménage intellectuel, politique, personnel. Pourquoi ? Je ne suis pas sûr, aujourd'hui encore, d'être capable de répondre. Par défi, sans doute. Pour mettre à l'épreuve ma « vocation », tester mes convictions. Par fidélité à moi-même. Par goût du paradoxe, peut-être aussi. Vous ne m'en croyez pas capable ? J'y vais ! Je n'exclus pas, enfin, l'attrait de l'exotisme : passer un an au Canada, alors qu'on n'a pas encore dix-huit ans, franchement, est-ce que ça se refuse ?

Le voyage vers Orly, l'avion, l'arrivée à Montréal. Tout se passe comme dans un rêve. C'est un tourbillon, une succession d'instants magiques, irréels. Je suis embarqué dans une histoire que j'ai choisie, voulue, mais qui me dépasse. L'excitation de découvrir l'Amérique, les gratte-ciel, les voitures-paquebots, toute l'intensité d'une ville qui déborde d'énergie, en ce début des années soixante où le Québec est en pleine « révolution tranquille », après des années d'archaïsme politique et culturel, d'obscurantisme religieux. Mais aussi, pour moi, la perspective de passer un an enfermé dans un noviciat, à réfléchir, lire et prier… J'essaie de ne pas y penser, je me laisse porter par les événements, j'ouvre grands les yeux et les oreilles, je profite de tout ce qui passe. C'est tellement un autre monde, une autre vie, à des années-lumière de Trans, de Dinan, je suis dans un film. Et puis, fin août, nous prenons la route des Laurentides, ces montagnes au nord de Montréal, à cent cinquante kilomètres. Le noviciat est là, à Sainte-Agathe-des-Monts, au bord du lac des Sables. C'est riche, c'est grand, c'est somptueux. Une belle maison, qui me paraît immense, à l'écart de Sainte-Agathe, avec vue imprenable sur le lac. Tout autour, un terrain gigantesque, dont je ne verrai jamais les limites, avec d'autres maisons, plus petites, jardin potager, serres, terrain de sport, forêt à perte de vue, lacs… D'un seul coup, pour moi : le grand confort, le luxe. La congrégation de Sainte-Croix, à l'évidence, est riche, prospère. Même si, comme dans les autres ordres religieux, on y fait vœu de pauvreté…

Nous sommes quelques Français, une poignée, venus de Dinan, au milieu d'une trentaine de Canadiens, venus de tous les coins du Québec. Nous allons passer un an ensemble, sous la houlette d'un « maître des novices » chargé de notre formation religieuse, spirituelle. L'endroit est splendide, je n'ai jamais eu à ce point le sentiment d'une nature sauvage, presque inviolée. À Trans, en Bretagne, tout est cultivé, entretenu, les petites routes mènent à des maisons, des villages, la forêt elle-même est traversée de routes, de chemins. Ici, dans les Laurentides, il suffit de partir à pied pour s'enfoncer dans l'immensité du « bois », comme disent les Canadiens, sans voir âme qui vive, sans voir une seule maison, nulle part, les arbres à perte de vue, les lacs, les animaux sauvages, l'espace américain. C'est angoissant, c'est exaltant. Les quatre saisons au milieu des Laurentides, dans une quasi-autarcie, c'est de l'imaginaire, du rêve, pour le restant de la vie.

Mais nous ne sommes pas là pour vagabonder dans les bois. Nous sommes là pour nous initier à la vie religieuse. Messes, méditation, offices qui rythment la journée, études, travaux manuels : nous vivons comme des moines. J'apprends le silence, les longues journées de silence. Le face-à-face avec soi-même. C'est étrange à dire, pour un bavard dans mon genre, mais on y prend vite goût. Ce n'est pas un silence total, absolu, à plusieurs reprises dans la journée on peut parler, discuter. Mais il y a de longues plages de silence. L'étude, la prière ou le travail dans le potager, dans les champs. On se laisse envahir par une autre idée du temps, on se laisse porter par un rythme intérieur, mille pensées s'invitent, mille pensées s'envolent, un sentiment de permanence s'installe, au fil des jours, des semaines, des mois. C'est un luxe d'avoir le temps de passer du temps avec soi-même, sans rien pour vous distraire, vous solliciter. C'est rude, aussi, bien sûr, c'est une épreuve qu'on n'est pas sûr de supporter, qui décape, qui fait mal. Mais c'est tout sauf du temps perdu. L'habitude est prise de faire le vide en soi, de laisser venir ce qu'on refoule, ce qu'on évite, parce qu'on n'a pas le temps, parce qu'il y a tant de choses à faire, à voir. J'aime le silence. Même si je sais que c'est aussi un piège, un vertige, une fuite.

Tous les matins, après la messe, le petit déjeuner et l'office de tierce, le maître des novices se charge de notre formation. Il commence par commenter la Constitution de la congrégation de Sainte-Croix, rédigée par le fondateur de l'ordre, le révérend père Moreau. C'est un texte écrit au XIXe siècle, dans l'esprit clérical du XIXe siècle, une vision du christianisme sacrificielle, doloriste, asphyxiante, au service d'une Église poussiéreuse, réactionnaire, ensoutanée jusque dans son inconscient. C'est tellement préhistorique que je ne peux pas imaginer une seconde que le maître des novices, qui m'a l'air relativement normal, équilibré, puisse prendre ça au sérieux. Mais le maître des novices fait son boulot de maître des novices. Il doit présenter, commenter la Constitution de la congrégation de Sainte-Croix, il la présente, il la commente. Sans un mot de distance, de critique. Tout ce que m'a appris Charles Blanchet, mon professeur de philosophie en terminale, tout ce que j'ai appris grâce à lui me pousse à la contestation, à la révolte. Et je ne m'en prive pas, bientôt rejoint et épaulé par deux de mes camarades canadiens, aussi remontés que moi contre cet obscurantisme. Aux idioties du père Moreau, nous opposons Sartre, Mounier, Merleau-Ponty. Mais aussi le nouveau visage de l'Église dessiné par le concile Vatican II, qui se déroule au même moment, une Église ouverte sur le monde, faisant le pari de la liberté, du risque, qui se décléricalise, qui va à la rencontre des orthodoxes, des protestants, qui reconnaît et assume ses racines juives. Belles bagarres, belles passes d'armes, qui énervent considérablement le pauvre maître des novices et font nos délices.

Mais au-delà du plaisir de la joute intellectuelle, je me pose de plus en plus cette question, aussi basique que radicale : qu'est-ce que je fais ici ? Qu'est-ce qui m'a pris de vouloir être prêtre, membre de la congrégation de Sainte-Croix ? Qu'est-ce que c'est que cette histoire de vocation ? Tout ce qui m'anime, me fait vivre, est en opposition frontale avec ce discours sulpicien, morbide, hérité du XIXe siècle. Qu'est-ce que je fais, au nom du ciel, enfermé dans ce noviciat de Sainte-Agathe-des-Monts, province de Québec ? Au bout de quelques mois, je n'ai qu'une idée : partir, quitter cette maison où je me sens totalement étranger, rentrer en France. Et pourtant, je reste. Des camarades français, à qui je m'ouvre de mes interrogations, me font remarquer, d'un air pincé, qu'on n'est tout de même pas venus jusqu'ici de Dinan, de Bretagne, de France, pour abandonner à la première difficulté. Un engagement, c'est un engagement, assènent-ils. Avant de placer cet argument massue : la congrégation de Sainte-Croix m'a payé le voyage jusqu'ici, elle m'a pris en charge, nourri, logé, elle est en droit d'espérer, en quelque sorte, un retour sur investissement. Ainsi parlent certains de mes camarades qui, eux, à les entendre, ne sont pas habités par le moindre doute. Ils ont décidé d'être prêtres, religieux de Sainte-Croix. Prêtres et religieux de Sainte-Croix, ils seront : c'est écrit dans le ciel. Moi, ce qui m'empêche finalement de partir, ce qui me cloue à Sainte-Agathe, c'est une image, dont je n'arrive pas à me débarrasser : le petit Rémond parti vaillamment jusqu'au Canada et rentrant tout penaud à Trans. C'est une image dont j'ai honte, qui me fait honte, mais elle m'obsède : je ne me vois pas ouvrir la porte de la maison et dire à ma mère que j'abandonne, que je laisse tomber. Je me raconte la scène, dans ma tête, je me fais tout un cinéma : j'arrive par la route de Pleine-Fougères, je rentre par la porte de derrière, celle qu'on prend pour aller dans la cour, où sont les poules et les lapins, je traverse le cellier, j'arrive dans la cuisine, ma valise à la main, et je dis à ma mère : c'est moi, je reviens, j'ai essayé, ce n'est pas pour moi, j'abandonne. Rien que d'imaginer cette scène, je me sens lâche, minable. J'ai peur d'avoir l'air bête devant ma mère, celui qui a traversé l'Atlantique, sûr de lui, de sa vocation, et qui revient piteux, au bout de quelques mois. Je me dis que ma mère, qui vit seule depuis la mort de mon père, parle de moi avec fierté, avec orgueil aux voisins, aux commerçants : pensez, il est parti jusqu'au Canada pour devenir prêtre ! Et voilà, je reviens, la queue entre les jambes, le rêve s'écroule. Ce film que je me joue dans la tête, c'est bien sûr une excuse pour rester au noviciat, à Sainte-Agathe-des-Monts. Je ne suis pas fier de moi. Mais je reste.

D'autres s'en vont. Parfois, le matin, alors que nous nous installons dans la salle d'étude pour écouter la leçon du maître des novices, l'un de nous apparaît, cravaté, la valise à la main : il nous annonce qu'il part, il nous souhaite bonne chance. Les jours d'avant, il ne nous avait rien dit. Le maître des novices lui avait demandé de garder le secret, pour ne pas créer de perturbations dans notre communauté. Ceux qui partent ainsi, du jour au lendemain, sont souvent ceux dont nous étions les plus sûrs : eux au moins, pensions-nous, ils ont la vocation, ils iront jusqu'au bout. Et voici qu'ils s'en vont, la valise à la main. Sans rien nous dire, sans rien nous expliquer. Nous laissant avec nos doutes, nos interrogations. Nos peurs, aussi. Si eux s'en vont, pourquoi restons-nous ?

Peu à peu, pourtant, je vais comprendre pourquoi je reste, au-delà de l'image du retour à Trans, par la route de Pleine-Fougères. Je reste parce que je suis en train de vivre, souterrainement, sans vraiment m'en rendre compte, une expérience qui me métamorphose. D'abord, je me prends de passion pour la Bible. Je l'ai lue, bien sûr, à Dinan, par bouts, par bribes, l'Évangile, surtout. Ici, j'ai le temps, tout le temps devant moi. Alors je la lis et la relis, de la Genèse au livre de l'Apocalypse, émerveillé, enthousiasmé par ce qu'elle raconte, la beauté des textes, la poésie à jet continu, le mystère, l'obscurité, l'inconnu... C'est le livre des livres, où tout est dit, la misère et la grandeur humaine, prière, supplication, incantation, louange, colère, rage, silence, perte de foi... C'est violent, révoltant, bouleversant. Ouvrir une page au hasard, lire un psaume, le Cantique des cantiques, l'Ecclésiaste, Isaïe... Je m'immerge dans la Bible, j'y reviens tous les jours, je jubile de laisser couler en moi les versets sacrés, tellement profanes, tellement proches. Et puis, comme j'ai le temps, je lis les livres les plus récents qui expliquent la Bible, les circonstances de son écriture, les genres littéraires, les événements historiques, les variations d'un texte à l'autre, tout ce qu'on appelle l'exégèse. Je vis entre raison et passion, intelligence et foi, démêlant le message du contexte, apprenant à relativiser pour mieux toucher le cœur du cœur. Ces heures et ces jours de lecture et d'étude de la Bible, dans le silence, à Sainte-Agathe-des-Monts, c'est un bonheur pour la vie entière.

Il se passe alors une chose étrange, qui me prend par surprise, que je ne comprends pas très bien. Peu à peu, le monde autour de moi s'efface, et je me sens totalement absorbé par une expérience intime, intense, comme une spirale qui m'emmène toujours plus loin, au centre même de ce que je suis, à la rencontre d'une présence qui m'envahit, me terrasse. J'hésite à écrire ces mots, qui sont forcément suspects, qu'il faut manier avec des pincettes. Mais je me souviens aujourd'hui encore avec une telle précision de ces journées de feu qui balaient tous mes doutes, qui me font rêver d'absolu, de vie en Dieu, pour Dieu, à jamais. L'expression est commode, alors allons-y, parlons d'expérience mystique. Fusion totale avec une présence, une personne. Vertige et bonheur de se sentir absorbé, enveloppé par la certitude de cette présence, qui efface tout le reste. On est au centre de tout. On s'abîme dans cette révélation, cette grâce. On brûle, on tremble, on sait.

Depuis, bien sûr, j'ai appris à me méfier de ces sensations, de ces sentiments. Qui sont, d'abord, des sensations et des sentiments. Une expérience n'est qu'une expérience, et la qualifier de mystique ne mène pas à grand-chose. Qui décide ? Qui juge ? Quelle est la part d'autosuggestion, de cinéma personnel ? La foi n'est pas affaire de sensations ni de sentiments. Mais de conviction. Tout cela, je le sais. Simplement, c'est ce qui m'est arrivé, à Sainte-Agathe-des-Monts, l'année de mes dix-huit ans. Ça fait partie de mon histoire, de ma vie. Il me suffit de fermer les yeux et tout me revient, intact. J'ai gardé un carnet où j'avais tout écrit de cette expérience, au fur et à mesure. Je le relis avec circonspection, avec embarras, avec un peu de gêne. Ai-je vraiment écrit cela ? Est-ce vraiment moi ? Vite, dans un tiroir, que personne ne lise jamais ça. Et pourtant oui, c'est moi.

Plus question, en tout cas, de quitter le noviciat, de repartir à Trans. Je me sens bien ici, à Sainte-Agathe-des-Monts, dans cette grande maison au-dessus du lac, au bord de la forêt. Je me suis fait à cette vie en retrait, en bordure, je me suis coulé dans cette durée irréelle, coupée du rythme du monde. Je reçois de longues lettres de ma mère, de mes frères et sœurs, qui me racontent la vie là-bas, en Bretagne, la vie à Trans ou au pensionnat, ou à la fac. Ou, pour les plus âgés, leur travail. Entrer dans une congrégation religieuse, nous dit le maître des novices, c'est se couper, se séparer de sa famille, c'est entrer dans une autre famille. Je l'écoute, j'essaie d'avoir l'air convaincu, je suis plein de bonne volonté. Mais je sais, au plus profond de mon cœur, que jamais je ne me séparerai de ma famille, que je n'ai qu'une famille, ma mère et mes neuf frères et sœurs, pour les siècles des siècles. Amen. En même temps, je suis content de vivre ma vie à moi, ici, au Canada, d'avoir l'océan entre ma famille et moi. Je me cherche, hors de la tribu, des liens si forts de la tribu, je veux trouver la vie qui me ressemble, celle que j'aurai choisie. Dans mes lettres, j'essaie de leur expliquer où j'en suis, ce que je fais là, de quoi sont faits mes jours, à Sainte-Agathe-des-Monts. J'ai bien peur d'avoir, trop souvent, au lieu de lettres, écrit de vrais sermons, le bon petit novice qui parle de Dieu et de la vie religieuse, qui se laisse aller à faire la leçon... Mes frères et sœurs sont sympas. Jamais ils ne m'envoient sur les roses.

Mais je leur parle aussi de tout ce que je découvre dans les Laurentides, cette vie au rythme des saisons, cette communion avec la nature. L'éblouissement de l'automne, ce rouge partout dans les forêts d'érables, feu d'artifice qui laisse sans voix, tellement c'est irréel. La première chute de neige, dès la mi-octobre. Et puis l'hiver qui s'installe, l'immense hiver canadien, près de cinq mois d'immersion totale au cœur du blanc, silence et froidure, ivresse et vertige. Il fait parfois moins trente, mais on n'a jamais vraiment froid, la vie est organisée en fonction du froid, chauffage, vêtements, sports... Dès le début de l'hiver, la nuit, on a commencé à arroser le terrain de sport, où l'on pratiquait, aux beaux jours, le *soccer* (version américaine de notre football) et le base-ball. Peu à peu, la glace s'est formée, une couche de glace bien épaisse, bien lisse. Tout autour, on a installé des palissades, un but à chaque extrémité : une patinoire de rêve, pour les matches de hockey. J'ai chaussé des patins, pour la première fois de ma vie, j'ai attrapé une crosse de hockey et je me suis lancé sur la glace. Je ne sais pas comment je me suis débrouillé pour ne jamais rien me casser, ce n'est pourtant pas faute d'avoir essayé. Sport viril, le hockey, ô combien, et qu'est-ce qu'on s'est pris comme gamelles, nous les petits Français, face à ces costauds de Canadiens qui sont nés les patins aux pieds…

L'hiver est beau, l'hiver est magique. Un matin, en sortant de la maison, on voit des traces d'ours dans la neige. Je rêve longtemps, devant ces traces. J'aime marcher longuement dans le froid et le silence, bien chaussé, emmitouflé de la tête aux pieds, au milieu des bois figés par le givre, ciel bleu, air coupant, tout dort dans l'infini du blanc, jusqu'au bout du monde. La neige bloque les portes et les fenêtres, il faut dégager à la pelle, je me crois dans les livres d'aventures de mon enfance, les livres qu'on empruntait chez Mme Boucher, la mercière, à Trans, de l'autre côté de la rue. La neige alors était un événement, on faisait des glissades sur la route de Pleine-Fougères ; à l'école, on accueillait ceux de la campagne comme des rescapés, avec leurs sabots pris dans des blocs de neige, leurs cheveux poudrés de blanc. On ouvrait le cercle autour du poêle à bois, on écoutait leurs histoires. Je me fais l'effet, ici, à Sainte-Agathe-des-Monts, d'être un trappeur perdu dans l'immensité de l'hiver, chausse tes raquettes, siffle tes chiens, en route pour l'aventure, là-bas, au pays des Indiens.

L'hiver est beau, mais il est vraiment long. On fait du ski (les pistes sont juste à côté de la maison), on se perfectionne au hockey (disons qu'on tombe un peu moins souvent), mais tout ce blanc finit par engourdir le corps et l'âme. On rêve d'herbe, de fleurs, de feuilles, de chaud soleil. On n'en peut plus d'être emmitouflés jusqu'au cœur. On n'est pas faits pour la banquise, pour le Groenland. L'hiver devient désespérant, on dirait qu'il est installé pour toujours, quelqu'un a-t-il la clé pour ouvrir la porte, pour le faire sortir ?

Et puis un jour il y a ce miracle – et rien que pour ce miracle ça valait la peine d'attendre : devant la maison, un peu de neige a fondu, on aperçoit, vaillante, héroïque, une frêle touffe d'herbe. La première touffe d'herbe après ces longs mois d'hiver, c'est l'une des plus belles choses que j'aie jamais vue, j'en pleurerais presque. Bien sûr, il y aura une nouvelle chute de neige, la touffe d'herbe sera recouverte. Mais ce n'est pas grave : le signal est donné, on va forcément vers la fin de l'hiver, on va vers le printemps. Tôt ou tard, la neige sera vaincue. Simplement, ça ne se passera pas comme je l'imaginais, doucement, progressivement, harmonieusement, ainsi qu'à Trans. D'un seul coup, peu de temps après l'apparition de la première touffe d'herbe, le printemps explose et toute la montagne, à Sainte-Agathe-des-Monts, est secouée d'un véritable tremblement de terre. Des grondements, des craquements retentissent de partout : c'est l'eau qui perce la glace, qui pousse la neige, qui jaillit brusquement, enfin libérée, dans un fracas de blocs de glace qui s'entrechoquent, l'eau qui dévale, qui cascade, qui ruisselle. Et la nature alors éclate, c'est un printemps convulsif, une charge héroïque, sabre au clair, en quelques jours les Laurentides sont méconnaissables. C'est un printemps éclair, tout chavire, tout bascule, on ne se souvient même plus qu'il y a eu l'hiver. L'effervescence de la nature nous gagne nous aussi, nous sommes euphoriques, enthousiastes, un peu fous. Les Canadiens appellent cette phase d'exaltation la « fièvre du printemps ». Et c'est vrai que tout le monde a la fièvre, tout le monde perd la tête. Une aussi longue attente et le bouchon de champagne qui saute, les coupes débordent, on est tous saouls.

Voilà, l'été va arriver, les beaux jours, la chaleur. Et les travaux dehors : le jardin, l'herbe à couper, les taillis à défricher, dans la forêt. Une année comme des moines : prière, études, sport, travail manuel. Bel équilibre, sans doute. Oui, c'est ce que je me dis. Une année intense, face à moi-même. Une retraite pour affronter l'essentiel. J'ai beaucoup appris, beaucoup réfléchi. Beaucoup rêvé, aussi, tête au vent, dans la nature sauvage. Et maintenant ? Normalement, je suis censé prononcer des vœux temporaires, renouvelés chaque année jusqu'aux vœux définitifs, au moment de la prêtrise. Pauvreté, chasteté, obéissance. J'ai dix-huit ans. Est-ce que je sais vraiment ce que je veux faire ? Est-ce que je suis prêt à m'engager ainsi dans l'Église ? Au cours de l'entretien de fin d'année, le maître des novices ne m'a pas caché qu'il avait des doutes à mon sujet. Trop indépendant, trop contestataire, rebelle au règlement. C'est vrai que je n'ai pas cessé, toute l'année, de pilonner les âneries du père Moreau, le fondateur de la congrégation de Sainte-Croix. Je me suis plongé dans le dogme catholique, j'ai été effaré d'y trouver tant de superstitions, tant de croyances à mes yeux délirantes, autour d'une espèce de monde parallèle (le Ciel, où qu'il soit) où l'on marchande les indulgences, où l'on demande aux saints d'intercéder (?), avec, comme clé de voûte, une fidélité absolue au Vatican jusque dans ses dérives obscurantistes (dont la première est la prétendue infaillibilité pontificale, une manière de crime parfait). Mais j'ai envie de parier sur une autre Église, celle du concile Vatican II, avec une foi plus dépouillée, centrée sur l'essentiel, une Église qui tourne le dos au triomphalisme, qui parle aux pauvres, aux plus petits. Une Église libre, « servante et pauvre ». Je me dis que je peux tenter le coup. On verra bien après. Pourtant, au bord du lac des Sables, à Sainte-Agathe-des-Monts, je trouve que les filles ont de bien jolies jambes… Allez, soldat Rémond, courage ! Tiens bon ! En août 65, je prononce mes trois vœux (temporaires !) : pauvreté, chasteté, obéissance…

Après un dernier voyage le long du fleuve Saint-Laurent, pour profiter jusqu'au bout de la somptueuse beauté du Québec, voici venue l'heure du retour en France. J'ai une pensée émue pour le cuisinier de Sainte-Agathe-des-Monts, qui s'est ingénié, toute cette année, à nous gaver des meilleurs plats, matin, midi et soir. Je n'ai jamais autant mangé de ma vie, je ne savais pas qu'on pouvait autant manger… « Vous, vous êtes sûrs d'aller au ciel, avec toutes les prières que vous faites, m'a-t-il dit un jour. Moi, avec la vie que je mène, j'en suis beaucoup moins sûr. Alors, pour compenser, j'essaie de vous faire ce qu'il y a de mieux, ça me servira peut-être… » J'ignore ce que le révérend père Moreau aurait pensé de cette prosaïque vision de la communion des saints. Paix à son âme.

Retour en France, retour à Trans. Retrouvailles, surtout, avec la famille. Bonheur, chaleur, mille choses à se dire, à se raconter. Comme un malaise, pourtant, entre mes frères et sœurs et moi. De ma part aussi bien que de la leur. Ils me regardent comme si j'étais devenu quelqu'un d'autre. Et moi, je me comporte, aussi, comme si j'étais un autre. J'ai l'impression d'avoir passé une porte, franchi une frontière. J'ai vécu un an dans un noviciat. J'ai prononcé mes vœux. Je vais devenir prêtre. Je ne suis plus celui d'avant. Une invisible barrière nous sépare. J'ai un tel besoin de fusion avec la tribu, une telle envie de tout retrouver comme avant, nos rires, nos rêves, nos discussions. Et en même temps, une main posée sur mon épaule me retient en arrière : la main de cet imbécile de maître des novices, avec son discours sur ma vraie famille qui, désormais, n'est plus celle du sang, mais la congrégation de

Sainte-Croix. Je rage, je me débats contre cette idée stupide, mais elle a fait son chemin en moi. Je suis trop honnête, trop sincère : je dois être fidèle à mon choix, me dis-je, jusqu'au bout. Et c'est un déchirement : je rentre en France pour le mariage de mon frère Henri, où je retrouve toute la famille. Mais juste après, je dois rejoindre ma communauté à Dinan, là où j'ai été pensionnaire. Avant une nouvelle aventure : Rome.

Après le noviciat, cinq ans d'études m'attendent : deux années de philosophie, trois années de théologie. La congrégation de Sainte-Croix, en France, n'a pas plus les moyens de faire fonctionner un grand séminaire (où est normalement assurée cette formation) qu'un noviciat. Elle fait appel, cette fois, à la riche branche américaine. Laquelle possède à Rome sa propre résidence universitaire, réservée aux étudiants qui suivent les cours de philosophie et de théologie à l'université Grégorienne. Vous l'ignorez sans doute, lecteurs mécréants (ou qui vous en foutez complètement), mais l'université Grégorienne, à Rome, a la réputation d'être une pépinière de futurs responsables de l'Église, théologiens, experts en tout genre, évêques… Dépendant directement du Vatican, elle est aux mains des Jésuites, qui dépêchent là leurs meilleurs professeurs. Voilà donc où je vais m'installer pour deux ans : dans une résidence universitaire américaine à Rome, pour suivre des cours de philosophie au sein d'une prestigieuse université sous la haute main du Vatican… Ce sera ma double chance : partager le mode de vie et la culture d'étudiants américains ; me retrouver à l'épicentre de la déflagration qui secoue l'Église de fond en comble : le concile Vatican II.

Septembre 65. Choc des contrastes. Le Collegio di Santa Croce, situé dans les quartiers résidentiels de Rome, est un campus américain ultramoderne, une enclave yankee en territoire italien. L'université Grégorienne, en plein cœur du centre historique de Rome, à deux rues de la fontaine de Trevi (qui brûle encore du tout récent souvenir de la *Dolce Vita*), est un vieux bâtiment chargé d'histoire, avec des amphis à l'ancienne, du marbre, des colonnes et des chapiteaux à chaque coin de couloir. Tous les matins, le bus du Collegio qui nous emmène à la Grégorienne nous fait franchir une distance aussi bien culturelle que linguistique. Au Collegio, on parle surtout anglais. À la Grégorienne, les cours sont en… latin. Ils sont donnés par des profs (ultra-pointus) venus du monde entier, à des étudiants venus eux aussi du monde entier. La langue universelle de l'Église n'est ni l'anglais, ni l'italien, ni le français. Mais le latin. Un latin un peu particulier : pour parler de philosophie, mais aussi de cosmologie, de psychologie ou de sociologie dans le monde d'aujourd'hui, il a bien fallu inventer des mots nouveaux, greffés sur le français ou l'italien, ce qui donne un latin pas très cicéronien et plutôt basique, genre latin de cuisine. Chaque professeur, en plus, le parle avec son accent à lui, qui peut se révéler des plus exotiques (je pense en particulier à un Irlandais fort sympathique, qui enseigne la métaphysique dans un étrange sabir, que nous apprendrons vite à décrypter). Nos livres de cours sont eux aussi en latin. Et nous passons nos examens en latin (je vous fais Aristote et saint Thomas en latin quand vous voulez). Les cours sont du genre magistral, à l'ancienne : le prof en haut de l'estrade et nous tous qui écrivons fiévreusement sous sa dictée. En latin. Quand nous reprenons le bus du Collegio dans l'autre sens (le rendez-vous est près du Colisée), nous basculons dans la culture américaine. La cuisine, elle, est un savant mélange italo-américain (pâtes et vin blanc côté italien) qui fait mes délices. Je me sens immédiatement à l'aise avec ces étudiants venus de tous les coins des États-Unis, très génération Kennedy, déjà marqués par le Vietnam (ils risquent d'y être envoyés à tout moment), pour la plupart proches de la gauche libérale, tendance droits civiques. Ils sont décontractés, sportifs, curieux de tout, ils jouent de la guitare et chantent Woody Guthrie… Ils écoutent aussi Bob Dylan. La première fois que je l'entends, sur la chaîne hi-fi du salon, c'est avec *Subterranean Homesick Blues.* Je demande qui c'est, ce que c'est. Dylan le traître, me répond un ami. Mais encore ? Il a trahi le folk, il est passé au rock et à la guitare électrique ! Voilà, c'est comme ça que tout a commencé : moi, je le trouvais très bien, le rock du traître. Mon ami américain m'a donné envie d'écouter le Dylan cent pour cent folk. Depuis, j'ai le virus. C'est une vraie maladie. Je n'en dirai pas plus, aujourd'hui, sur cette pathologie, mais je vous jure que vous ne perdez rien pour attendre. Je vous le jure…

Le directeur du Collegio est un jeune théologien américain, brillant et tourmenté – trop à gauche, apparemment, pour ses supérieurs, qui le remplaceront l'année suivante par un gentil conformiste bien dans le moule. Parce qu'il faut voir que ça swingue drôlement, à Rome, dans ces années-là. Jean XXIII, en annonçant le concile, a ouvert les portes en grand, pour laisser entrer le vent du risque, de l'audace, lançant une gigantesque opération de dépoussiérage, de décapage. Les théologiens qui avaient été réduits au silence par ce fieffé réactionnaire de Pie XII sont aujourd'hui sur le devant de la scène, ils ont le statut d'experts au concile. La nouvelle Église en train de naître, c'est eux qui l'ont rêvée. Et ils viennent chez nous, au Collegio, ils s'y installent, ils discutent avec nous. Les Français Congar et de Lubac, le Flamand Schillebeeckx, l'Allemand Hans Küng… Mais aussi Dom Hélder Camara, l'évêque des pauvres au Brésil. Vous n'imaginez pas le privilège que c'est pour nous, jeunes étudiants en philosophie et en théologie, de rencontrer tous ces penseurs qui ont payé leur courage d'années de silence forcé, qui sont aujourd'hui libres de leur parole et qui soulèvent un formidable espoir. En les écoutant, en les lisant, je me sens vengé des âneries de mon maître des novices, commentant les niaiseries du révérend père Moreau…

Mais il n'y a aucune raison que la contestation (comme on ne disait pas encore) s'arrête aux portes de l'université Grégorienne. Excellents profs (enfin, certains…), d'accord ; haut niveau intellectuel, certes. Mais quelle couche de poussière accumulée sur les bancs de la vénérable institution ! Là aussi, il faut ouvrir les portes, faire souffler le vent du grand chambardement, secouer les vieilles habitudes. Un étudiant du Collegio, Mario, un Chilien, décide, à la faveur d'une élection, de tenter de s'emparer de l'association des étudiants, Vita Nostra. Une association bidon, qui ne sert qu'à échanger des polycopiés et à rendre compte, dans son bulletin, des prestigieuses activités de la prestigieuse université. Je fais partie du complot, avec quelques camarades. Mario lance sa campagne avec un programme incendiaire, ce qui frappe d'autant plus les esprits qu'il a une mine de premier communiant. L'élection est un triomphe : nous balayons le bureau sortant, Mario annonce quasiment la révolution. Je m'occupe, pour ma part, du journal de l'association, exhumant des archives de croustillantes histoires de censure. L'année suivante, à la rentrée, le vieux recteur de l'université aura été remercié et remplacé par un nouveau venu d'esprit très Vatican II. Première innovation (une révolution, à l'échelle de l'Histoire !) : les cours ne sont plus en latin mais en « langue vernaculaire ». Entendez : en langue vivante. Les professeurs, tous polyglottes, sont invités à enseigner en italien et, pour le travail en petits groupes, en anglais ou en français. Notre prof de sociologie (italien) peut enfin expliquer Marx et la plus-value sans avoir à inventer un mot toutes les deux phrases. Notre (excellent) prof de philosophie, un jeune Allemand, peut enfin disserter sur Kant, Husserl et Heidegger en toute liberté, sans utiliser des concepts inventés par saint Thomas, lui-même recyclant Aristote. Pour nous, les étudiants, c'est la sensation de rejoindre enfin notre époque, de franchir d'un coup des années-lumière…

Mais le nouveau recteur, sous l'impulsion de l'association des étudiants, décide aussi la démocratisation de la vie universitaire, avec l'élection de délégués à tous les niveaux. Chargé d'organiser les élections en philosophie, je me retrouve en fait, par un tour de passe-passe, sollicité pour être candidat. Et je suis élu. Je me souviens de mon discours programmatique, devant mes camarades étudiants et le doyen de philosophie. Un discours au bazooka, sans doute assez jeune con, tirant à boulets rouges sur les vieilles barbes de la Grégorienne. Le doyen, qui n'avait jamais entendu pareilles insanités sous cette auguste voûte, m'a écouté sans piper mot, un abîme de perplexité au fond des yeux : si c'était ce que souhaitait le nouveau recteur, que pouvait-il y faire ?

Ce doyen, par parenthèses, était professeur de cosmologie : là où se frottent les grandes théories scientifiques et les questions de philosophie. Il était certainement très compétent : je me souviens d'un cours éblouissant sur la théorie de la relativité, auquel je ne suis pas sûr d'avoir tout compris, mais qui m'a mis KO pour le compte. Eh bien, ce même doyen, physicien de formation, affirmait que l'on pouvait prouver scientifiquement que l'hostie consacrée devenait bel et bien le corps du Christ dans sa substance même : les atomes d'hostie, disait-il, se métamorphosaient en atomes de chair divine. Je lui ai suggéré de faire lui-même, devant nous, l'analyse chimique de l'hostie, avant et après la consécration, mais il n'a pas relevé le défi. Pour lui, c'était une vérité aussi bien théologique que scientifique : la vérité de la « transsubstantiation », cette théorie érigée en dogme par l'Église catholique, qui impliquait forcément, au sens strict, changement de substance.

Je raconte cette histoire parce qu'elle me semble typique de la pensée magique de l'Église catholique, que je ne supportais déjà plus à l'époque. Comme si l'eucharistie relevait du tour de prestidigitation, abracadabra, cette hostie va devenir le corps du Christ. Au lieu de voir dans le rite même du repas partagé le signe de la présence du Christ. Pourquoi a-t-il fallu inventer ce fétichisme de la « présence réelle », l'hostie devenant elle-même corps du Christ et ne pouvant donc toucher les dents profanes du fidèle qui l'avale ? Pendant des siècles, on a vécu avec ça : interdit de toucher l'hostie avec les dents, de la mâcher, de la broyer ! Obligation de la laisser fondre dans la bouche et de l'avaler, d'un seul coup d'un seul. Combien de générations de communiants ont failli s'étrangler en essayant de réussir l'impossible exploit ? Combien ont cru mourir sur place, aux prises avec cet infernal dilemme : l'hostie collée au palais, mais pas question de la décoller avec les doigts car on ne touche pas le corps du Christ ? Et toutes ces simagrées, quand une hostie s'échappait du ciboire et tombait par terre : vite, tout un rituel cabalistique pour rendre à nouveau accessible aux souliers profanes cet endroit sanctifié par le corps du Christ (ce sont des choses que j'ai vues, dont je peux témoigner !). Et cette interdiction d'avaler des aliments solides moins de trois heures avant la communion ! Il fallait, n'est-ce pas, que notre œsophage, notre estomac, nos intestins soient parfaitement, totalement vides pour pouvoir accueillir dignement l'hostie consacrée, le précieux corps de Notre-Seigneur en transit dans nos entrailles... Avec, en plus, suspendue au-dessus de nos têtes cette horrible épée de Damoclès : le crime de péché mortel. Mortel ! Si tu avales un bout de pain beurré une heure avant de communier et si tu meurs subitement en sortant de l'église, tu vas directement en enfer ! Dans ma famille, à Trans, quand j'étais enfant, on avait trouvé la combine pour concilier l'inconciliable : manger sans risquer le péché mortel. Dans ce coin de Bretagne, autour de Saint-Malo, il y a une spécialité locale (que je n'ose qualifier de gastronomique) : le craquelin. C'est une espèce de biscuit sec, sans aucun goût, qu'on tartine de beurre (qui donne le goût) et qu'on plonge dans le bol de café au petit déjeuner. Et là, miracle : le craquelin devient ultra-fondant, se liquéfie, ce qui fait qu'on peut l'avaler sans mâcher. Vous avez saisi, j'espère, toute la portée théologique de cette découverte expérimentale : on peut tranquillement avaler ses craquelins, le cœur léger, une heure avant la messe, ça glisse dans la gorge, c'est quasiment du liquide, en tout cas sûrement pas du solide. Le craquelin plongé dans le bol ou la communion sans risque : voilà un slogan que j'aurais dû faire breveter...

Mais je m'égare. Je m'égare. Revenons à Rome, à ces années bénies, entre Amérique et Italie, entre bonheur intellectuel des études de philosophie et grand chambardement idéologique. Revenons à Rome, surtout, à ce bonheur de vivre à Rome, cette douceur et cette excitation de la vie romaine, en ces années soixante. Une plongée dans l'Histoire, d'abord. Je passe des journées entières à parcourir la Rome antique, à m'imprégner des pierres, à écouter ce qu'elles racontent, dans le Forum, au Colisée, via Appia Antica... Puis la Rome baroque, toutes ces somptueuses églises mêlant l'élan mystique et la sensualité, dans un débordement d'ornements, de volutes et d'arabesques qui font exploser les limites du bon goût. Et puis la Rome d'aujourd'hui, vivante, trépidante, jouisseuse, paresseuse, cet art des mots, des gestes, cette façon de se mettre en scène, de théâtraliser la vie quotidienne, de mimer l'indignation, l'exaltation, de faire du simple fait de parler, de marcher, une œuvre d'art en acte. Rome est une ville de province, si loin des enjeux économiques de Milan, mais c'est la capitale du monde, la capitale du bonheur. À midi, souvent, je monte sur la terrasse du Collegio, à cette heure-là souffle une petite brise venue de la mer si proche, je m'emplis les poumons d'allégresse, d'enthousiasme, je regarde la ville étalée, je suis à Rome, je ne sais pas ce que j'ai fait pour mériter un tel bonheur.

L'après-midi, après la sieste (un rite obligatoire, si on veut survivre à Rome…), je prends un vélo, j'emporte ma Bible, je m'enfonce dans les faubourgs jusqu'à la campagne (les champs et les bois sont tout près) et je m'installe là pour quelques heures, jouissant du temps, du paysage, tout en relisant les plus belles pages de la Bible, psaumes, prophètes, Cantique des cantiques, Livre des louanges et des célébrations, de l'éloge et de la reconnaissance – j'aime lire et répéter ces simples mots : « rendons grâce »…

Mon lieu préféré, à Rome, c'est un grand parc qui vient juste d'être ouvert au public, la villa Pamphili. C'est tout près du Collegio, j'y vais à pied, les fins d'après-midi. Je m'assois dans l'herbe, je me laisse envahir par la douceur du soir, je regarde les couples, les enfants, les familles, la vie est comme au ralenti, c'est une langueur étrange, un apaisement qui engourdit les corps et les esprits. C'est l'heure où j'ai rendez-vous avec moi-même, avec mon enfance, avec ma famille. Je pense à mon père, à la mort de mon père, à la guerre entre mes parents, au silence de mon père, à notre silence à nous, les enfants. C'est l'heure où l'apaisement se mêle d'effroi, où la douceur se fait angoisse. Les ombres des grands arbres effacent le soleil sur l'herbe, la lumière descend doucement, je me sens à la fois en totale harmonie avec le monde et saisi d'un froid qui me fait frissonner. Je suis heureux et j'ai peur. Où êtes-vous, que faites-vous, ma mère et mes frères et sœurs ? Où es-tu, mon père ? L'étrange douceur de la villa Pamphili me serre le cœur. Il va bientôt faire nuit. Les promeneurs sont des ombres. De violentes odeurs montent de l'herbe. Je rentre au Collegio tel un fantôme, glissant dans l'air comme à travers l'absence. C'est l'heure de retrouver mes amis américains. Ce soir, Mike va sortir sa guitare et chanter *We shall overcome* – oui, nous vaincrons nos ennemis.

J'ai ma vie d'étudiant, immergé corps et âme dans les délices de la philosophie. J'ai ma vie d'élu, de délégué : je rencontre régulièrement les étudiants des différents pays (Anglais, Allemands, Espagnols, Brésiliens, Français, Américains…) pour défendre leurs revendications auprès de l'administration de l'université. Je découvre, au passage, que le séminaire français, où sont regroupés les étudiants envoyés par leurs évêques, est un véritable repaire d'intégristes, hostiles au concile Vatican II... J'aime bien discuter, négocier, me bagarrer. Participer à l'agitation générale, dans cette vénérable Grégorienne en pleine fièvre rénovatrice. On ne fait peut-être pas la révolution, mais, un an avant Mai 68, ça secoue sacrément. Je manifeste contre la guerre du Vietnam, avec la gauche et l'extrême gauche italienne. Certains de mes amis américains attendent avec angoisse leur ordre d'incorporation. Ils me parlent de ces prêtres qui, aux États-Unis, militent contre l'engagement américain au Vietnam, soutiennent les réfractaires, comme toute la gauche chrétienne. Grâce aux ciné-clubs étudiants, je me régale de films : Bergman, Fellini, Antonioni, Godard... C'est ainsi que je découvre un film interdit en France, *La Bataille d'Alger*, de Gillo Pontecorvo. Premier film sur la guerre d'Algérie. Un film qui me marque tellement que j'écris de longues pages pour démêler les sentiments contradictoires qu'il m'inspire. Peu à peu mûrit en moi cette décision : je ne ferai pas mon service militaire sous l'uniforme, je serai coopérant. En Algérie. Se mêlent mes souvenirs d'adolescent, quand j'entendais parler de la guerre d'Algérie, mes discussions avec mes amis américains sur la guerre du Vietnam. Et l'émotion provoquée par ce film, *La Bataille d'Alger*. Pas facile, quand on est étudiant à Rome, de trouver les bons interlocuteurs, les bons canaux, pour intégrer la Coopération et se faire affecter en Algérie. Mais je me bats, j'intrigue, j'essaie dans toutes les directions. Je veux aller en Algérie. Je veux réparer. Catho de gauche.

Au printemps 67, le général de Gaulle fait une visite d'État à Rome, pour célébrer les dix ans du Traité de Rome. À cette occasion, nous sommes invités, nous les Français de Rome vivant dans le giron de l'Église, à le rencontrer à l'ambassade de France auprès du Vatican. Il est venu avec son Premier ministre, Georges Pompidou, et son ministre des Affaires étrangères, Maurice Couve de Murville. En attendant le Grand Homme, je discute Bretagne avec Pompidou (il y a des attaches) et théologie avec Couve de Murville, protestant bon teint. Je ne voudrais pas me vanter, mais on ne doit pas être nombreux à avoir parlé de théologie avec Couve de Murville… Arrive le Grand Homme, qui fait le tour de l'assistance et serre la main de chacun d'entre nous. Je vous retranscris, mot à mot, le dialogue historique que nous avons échangé. Lui : « Et vous, vous faites quoi, à Rome ? » Moi : « Des études de philosophie, monsieur le président. » Lui : « Ah, des études de philosophie… Vous en avez, de la chance ! » J'écoute ce qu'il dit à mon voisin : exactement la même chose, mot pour mot. Je n'ose pas lui dire que j'ai déjà eu l'honneur de lui serrer la main, voilà bien longtemps. C'était chez moi, à Trans, en 1958. De Gaulle, tout juste élu, faisait une grande tournée en Bretagne. À Trans, la municipalité de gauche hésitait sur la conduite à tenir. Fallait-il snober le chef de file de la réaction, le fossoyeur de la République, venu au pouvoir à la faveur d'un coup d'État ? Ou au contraire jouer le jeu des institutions et l'accueillir dignement, en citoyens respectueux ? Pendant que les édiles se concertaient, les premières banderoles « Vive de Gaulle ! » ont commencé à apparaître, tendues de part et d'autre de la grande rue par des patriotes. La municipalité a alors compris qu'elle ne pouvait s'opposer à la ferveur populaire. Le jour J, à l'heure H, la population s'est réunie sur la place de l'église, devant le chêne de la liberté, autour du maire ceint de son écharpe. Ma mère s'est mise au premier rang, toute fière, avec sa médaille de mère de famille nombreuse. Moi, j'étais juste à côté d'elle. Soudain, une clameur s'est levée : venant par la route d'Antrain, le cortège présidentiel arrivait, ouvert par une nuée de motards devant la DS noire du Grand Homme. Restait une question, nullement accessoire : allait-il oui ou non s'arrêter à Trans, huit cents habitants ? Après tout, nul n'en savait rien. Il s'arrêta. Brandit ses grands bras au-dessus de sa tête. Écouta religieusement le discours du maire de gauche. Puis fit à son tour un discours rempli de « France » et de « République ». Le vent de l'Histoire soufflait sur Trans. Et c'est à ce moment-là, mesdames et messieurs, qu'il me serra la main. Oui, parfaitement. J'avais onze ans. C'est avec des yeux éblouis que je regardai partir le cortège présidentiel vers Saint-Malo, vers le soleil couchant. Quelle journée !

Ce jour de 1967, à l'ambassade de France auprès du Vatican, je n'ai plus les mêmes yeux pour le Grand Homme. J'ai viré à gauche. Je suis farouchement antigaulliste. Je le trouve vieux, très vieux. Il a l'air à moitié sourd. Il est solennel, grandiloquent et ennuyeux. Il dodeline de la tête comme un berger allemand en peluche à l'arrière d'une voiture. Il fait un discours convenu et creux qui se termine, je m'en souviens encore, par cette péroraison : « L'Église est éternelle, la France ne mourra pas ! » Et vice versa, ai-je envie d'ajouter. Il serre la main de l'ambassadeur. Il s'en va en dodelinant. Dieu qu'il est vieux. Et tellement loin de nous. Un an plus tard, en mai 68…

Voilà, Rome, c'est fini (et je m'aperçois que je n'ai rien dit des matches de foot avec les Italiens et les Américains. Ni des voyages à Florence, à Ravenne, à Subiaco. Ni de la mer à Fregene, en terre fellinienne… Tant pis. Tant pis). Tout est réglé. Je vais partir en Algérie. L'été, en France, juste avant mon départ, je retrouve la famille, à Trans. Les aînés se sont mariés, vont se marier. La maladie d'Agnès est déjà là, maladie de l'âme, de l'esprit. Trop exaltée, trop abattue. Je les aime, tous. Après trois ans à l'étranger, avant de partir en Algérie, voilà ce que j'ai envie de leur dire. Mais que bien sûr je ne dis pas. Et puis je retrouve mon autre famille, la petite communauté française de Sainte-Croix. J'ai un terrible coup de blues. Je les trouve étroits d'esprit, vieillots, dépassés. Le grand vent du concile m'a sacrément décoiffé. Mes amis américains aussi. Et puis la politique, les envies d'engagement, d'action… Je me repose brutalement la question, comme au début du noviciat, au Canada : mais qu'est-ce que je fais là-dedans ? Est-elle vraiment là, la vie que je veux vivre ? Je n'ai plus peur, comme pendant mon noviciat, du piteux retour à Trans, à la maison, par la route de Pleine-Fougères, pour avouer à ma mère que je me suis trompé. Je mets tout simplement la question entre parenthèses. Je pars en Algérie. C'est la seule chose qui m'importe. Je verrai bien après. J'ai le temps.

Un dernier mot, pourtant. À Rome, j'ai croisé l'ombre de mon oncle, le frère aîné de mon père : il avait lui-même fait ses études à l'université Grégorienne, dans les années trente, avant de devenir prêtre. Je l'aimais bien, mon oncle. Il était drôle, brillant, d'une rare intelligence. Il racontait les histoires comme personne. Il écrivait des contes en gallo, le patois de chez nous, dans le bulletin paroissial de Meillac, le berceau de ma famille. Il savait tout des plantes, des arbres, des fleurs, des champignons. J'adorais l'écouter, discuter avec lui. Même si nous étions tous les deux, culturellement, politiquement, à des années-lumière l'un de l'autre. Mon oncle était aussi réactionnaire en matière politique que traditionaliste en ce qui concernait l'Église (comme mon père...). Je crois qu'il détestait le mouvement, tout ce qui bougeait, tout ce qui changeait. Dans la vie quotidienne, il prenait son temps, il flânait, il musardait. Il était systématiquement en retard, partout, en toute occasion. Il oubliait l'heure. Buvait un coup. Bavardait. Racontait une autre histoire. Il avait fait du retard un véritable art de vivre. Je crois qu'il avait délibérément choisi de se mettre en retard sur l'évolution du monde, des idées, de la société. Définitivement. Il s'était construit un personnage de vieux bougon, de vieux râleur. Avec humour, toujours. En marge, à côté. Il faisait partie de la congrégation de Sainte-Croix, mais pour ainsi dire de loin. De plus en plus loin. Ce que lui et moi avions vécu à Rome, à l'université Grégorienne, n'avait absolument rien à voir. Lui, c'était l'Église de toujours, immuable, fidèle à son catéchisme, à ses dogmes, à ses pompes et à ses œuvres. Moi, c'était celle du concile, une Église à inventer, l'ouverture au monde, aux autres religions, le grand remue-ménage. Il se moquait de moi, gentiment. Je l'écoutais, je l'aimais bien. C'était le frère de mon père.

Voilà : Rome sur les traces de mon oncle. Et l'Algérie dans l'ombre de mon père, ce jeune homme de vingt et un ans parti faire son service militaire au Maroc. Toutes ces lettres, que je lis aujourd'hui, retrouvées dans cette enveloppe de papier kraft, lettres à ses parents, à sa sœur Rosalie. Et à son frère Jean. Qu'il engueule parce qu'il ne lui répond jamais. Ou alors avec un abyssal retard…

Dans l'avion pour Alger, en août 67, nous sommes tout un groupe de coopérants français. Nous discutons, nous faisons connaissance. Je m'aperçois que je suis le seul à avoir demandé l'Algérie. Les autres ont demandé le Canada, Saint-Pierre-et-Miquelon, l'Amérique du Sud, n'importe où – mais surtout pas l'Algérie. Ils veulent savoir pourquoi j'ai, moi, au contraire, insisté pour y aller. Je leur réponds par des banalités, je m'en tire par des blagues. La vraie raison, je n'ose pas la dire. Tout mon discours sur la réparation. Réparer le mal que nous avons fait aux Algériens. La colonisation, la guerre. Les humiliations, la torture. Les assassinats. Et moi, ce jeune homme qui veut payer de sa personne, aider concrètement. Ne pas se contenter de belles paroles. Mon discours, je le garde pour moi. Je ne vais tout de même pas faire un sermon dans l'avion.

Alger. La beauté du pays m'explose à la figure. Alger la blanche, le port, le ciel si bleu, la mer si bleue, les odeurs des fleurs, le soir, au soleil couchant. Je loge à El Biar, sur les hauteurs de la ville, et c'est un bonheur qui me serre la gorge, tous les matins, quand je regarde la mer au loin, dans ce dédale de blancheur. Je sais aussi qu'à El Biar on torturait, on assassinait, dans certaines de ces villas, aux pires heures de l'OAS. Ici même, voilà tout juste cinq ans.

J'ai vingt ans, je n'ai jamais enseigné. Et c'est pourtant ce que je vais faire, pendant deux ans, en Algérie : instituteur. À El Biar, en ce mois d'août, j'apprends les rudiments du métier. J'ai bien sûr un peu d'angoisse, je me demande si j'ai vraiment l'étoffe d'un instit, si je ne vais pas me ridiculiser. Mais je crois bien ne m'être jamais senti aussi heureux, aussi libre, dans la clarté radieuse de ce mois d'août, ici, à El Biar, avec l'enivrante sensation de bientôt faire, enfin, quelque chose d'utile. Ma première escapade hors d'Alger est pour Tipasa, à cause de Camus, de son livre *Noces à Tipasa*. C'est une telle ivresse, quand j'arrive au milieu des ruines romaines qui descendent doucement vers la mer, ce mariage de l'ocre des pierres et du bleu de la mer, je suis saisi, j'en ai le souffle coupé. Je touche les pierres, je respire toutes ces odeurs qui montent des herbes du Sud, je ferme les yeux, je suis au paradis. Puis je m'assois au bord de la mer, j'ouvre *Noces à Tipasa* et je lis ces phrases si belles, si sensuelles, de Camus le Méditerranéen, Camus l'Algérien. Écrites alors qu'il avait lui aussi vingt ans. Une grande paix m'envahit, la certitude d'un accord intime, intense, entre le monde et moi, dans la lumière des pierres et de la mer, bercé par la musique des phrases de Camus. Je suis ici chez moi.

J'apprends enfin mon affectation : Djemaa-Saharidj, un petit village de Grande Kabylie, dans le Djurdjura, au-dessus de Tizi-Ouzou. J'emprunte, fin août, cette route que je ferai des dizaines de fois, à travers la Mitidja, ses cultures, ses anciennes fermes de colons collectivisées, les rangées d'eucalyptus, en approchant de Bordj-Menaïel. Et puis l'arrivée en Kabylie : Tizi-Ouzou, dans la plaine, et la montée vers le Djurdjura, en direction d'Azazga, la sous-préfecture. Djemaa-Saharidj est tout au bout d'une petite route pleine de virages, où l'on frôle des précipices d'enfer, au-delà de Mekla, le chef-lieu de canton. Après, c'est la piste. Et l'enfouissement dans le royaume du Djurdjura.

L'école où je vais exercer mes (douteux) talents de pédagogue est tenue par des Pères Blancs, qui sont là depuis plus de soixante ans. Sa première mission est de préparer au certificat d'études pour adultes : nombreux sont les adolescents, dans la montagne, qui, pendant la guerre, ont perdu tout contact avec l'école. Ils ont aujourd'hui entre quinze et vingt ans, il faut reprendre les bases, consolider. Et amener ceux qui le souhaitent au CAP de serrurerie ou de mécanique, dans l'atelier juste à côté. Nous sommes trois enseignants : le responsable de l'atelier, qui vit là à demeure ; et nous deux, les coopérants : mon collègue, dessinateur à la RATP, pour les matières scientifiques ; et moi, pour l'histoire-géo et le français. L'école, tout en haut du village, me rappelle un peu celle de mon enfance, à Trans, parce que trône au centre un poêle à bois. Mais Trans, à côté d'ici, c'était le luxe. Ici, les murs sont en parpaings, le toit en tôle. Avec plein de trous dans la tôle. Dès qu'il pleut (et il pleut beaucoup en Grande Kabylie, je m'en apercevrai vite), il pleut dans la classe. Le matin, il faut déplacer les tables en fonction des trous, c'est un bon exercice pour se réchauffer. Parce qu'il fait froid, aussi. L'hiver en Grande Kabylie, c'est pire qu'au Canada. Je n'ai jamais eu aussi froid que dans ma classe, à Djemaa-Saharidj, près du poêle à bois. J'ai des engelures aux mains et aux pieds. Les engelures aussi, ça me rappelle mon enfance. Mais c'est le genre de rappel dont on se passerait bien.

Je ne sais pas comment font mes élèves pour ne pas avoir froid. Beaucoup viennent de loin, dans la montagne, ils marchent pieds nus, emmitouflés dans leur burnous. Il pleut, il souffle un vent glacial, ils sont là, dans la cour de récréation, tous les matins, bien avant moi. Ils ont une telle envie d'apprendre, un tel enthousiasme, j'ai peur de ne pas être à la hauteur. Ils m'appellent « cheikh », le maître, je suis à peine plus vieux qu'eux, je regarde les visages levés vers moi, dans la classe au toit de tôle, ils ont une telle confiance, une telle bonne volonté. Au début, je n'arrive pas à prononcer leurs noms, leurs prénoms, je me trompe, je me mélange, ça les fait rire. Ils veulent m'apprendre le kabyle, mais c'est trop difficile, c'est une langue orale, qui ne s'écrit pas. Je retiendrai juste quelques mots, quelques expressions. Je leur apprends l'histoire de leur propre pays, moi, un Français, qui en ignorais presque tout voilà encore quelques mois, venu d'un pays qui les a colonisés, qui leur a fait la guerre. Cinq ans à peine qu'elle est finie, cette guerre, et les maquis étaient nombreux dans la région. Certains de mes élèves ont joué les agents de liaison, d'un maquis à l'autre. Tout cela est oublié, balayé. Ils aiment la France, me disent-ils, ils aiment que ce soit un Français qui leur fasse la classe. Partout, en Kabylie, je recevrai le même accueil, j'entendrai les mêmes paroles d'amitié. Alors que moi, au début, je suis sur mes gardes, je m'apprête à affronter l'hostilité, l'inimitié. Bienvenue dans notre montagne, me disent-ils, bienvenue chez nous, habitants de la montagne. Je leur apprends la grammaire, l'orthographe, je leur fais faire des dictées, des rédactions. Ils sont tellement appliqués, tellement consciencieux, que j'en ai parfois les larmes aux yeux. Mes élèves, venus pieds nus à travers la montagne, emmitouflés dans leur burnous, serrés autour du poêle à bois, et le bruit de la pluie sur le toit de tôle : je les aime, je les admire.

A part les dictées, les rédactions, les exercices de grammaire et d'orthographe, il y a, en français, les récitations. En bon instit débutant, respectueux des programmes, je leur fais apprendre la première récitation. Une fable de La Fontaine, peut-être bien. Je m'aperçois très vite qu'ils ont une mémoire phénoménale, qu'ils sont capables de me réciter par cœur, sans trébucher, toutes les récitations du monde. Mais lorsque je leur pose des questions précises sur ce qu'ils viennent de réciter, ce que ça raconte, ce que ça veut dire, je me heurte à un grand silence. J'ai l'impression que la récitation, pour eux, c'est avant tout un exercice de mémoire, ils adorent ça, ils sont champions du monde dans cette discipline. Mais, leur dis-je, à quoi ça sert de répéter comme des machines, si vous ne comprenez pas ce que vous dites ? Où est le plaisir, à part celui d'être champions du monde de mémoire ? Ce que vous récitez, c'est de la poésie. Une récitation, c'est un poème. Alors on va arrêter d'apprendre par cœur, on va arrêter de parler de récitation. Et on va s'intéresser à la poésie. Et c'est une porte qui s'ouvre, pour eux comme pour moi. Parce que la poésie, c'est leur univers, leur langue natale, leur rapport au monde. Très vite, je les invite à écrire eux-mêmes des poèmes. Et ils écrivent, lentement, silencieusement, chacun dans le secret de son cœur, les poèmes de la nostalgie et de la mélancolie kabyles, le temps qui passe, le temps perdu, l'envie confuse d'autre chose, d'un autre monde, ce balancement entre les racines et l'exil, eux qui ont vu partir leurs pères, leurs oncles ou leurs grands frères, là-bas, en France, pour trouver du travail. Ces poèmes, je les ai conservés, je les relis parfois, avec le nom de chaque élève soigneusement écrit dans la marge et ces mots si simples, si pudiques, pour dire le malheur et l'espoir, la solitude et l'amitié. Ce sont des poèmes où j'entends la Kabylie, ce pays de montagne habité d'esprits, de vent et de pluie, de grands secrets et d'immenses espérances. Je les garde précieusement, ces poèmes, ils sont la vérité de Djemaa-Saharidj, visages et paysages, là où j'ai tant appris, tant compris. Je les revois, mes élèves, dans la cour de récréation battue par les vents, parlant de poésie, de l'exaltation des mots et des images, faisant de grands gestes pour expliquer, partager. Et puis me récitant par cœur à moi, l'ignorant, les poésies de

Si Mohand Mohand, ce grand poète kabyle allant de village en village semer ses mots repris par la mémoire populaire, immense poème de la montagne kabyle, jamais écrit, mais connu de tous. Et je comprends alors pourquoi mes élèves ont une telle mémoire : ils portent la culture de leur peuple, transmettant ce qu'on leur a transmis, les mots de Si Mohand Mohand.

Moi aussi, j'écris dans mon coin. Comme des millions d'adolescents, je me suis mis, voilà quelques années, à noircir des pages et des pages, romantiques et sentimentales. Ivresse de l'épanchement, ivresse des mots qui coulent sans retenue. Mais ici, en Kabylie, le monde est plus tranché, plus intense. Ici, sur la montagne, on est fouetté par l'âpreté du monde, il faut aller au bout de soi, au bout des mots. Ici, on s'accroche à l'essentiel, comme Djemaa-Saharidj s'accroche à sa crête. Il y a le vent, la pluie, le froid, l'immense silence de la montagne en hiver et les élèves dans leur burnous qui viennent à pied pour apprendre. Il y a les traces de la guerre sur les pistes du Djurdjura, carcasses de jeeps, de camions, cicatrices, dans la terre, d'une lutte à mort. Il y a ce peuple de montagnards qui vit de peu, qui n'a cessé de se battre pour sa langue, sa culture, pauvre et démuni, si fier, si riche. Le soir, dans ma chambre, après avoir corrigé les devoirs de mes élèves et préparé mes cours, j'essaie d'écrire. Il fait nuit, j'entends siffler le radiateur à gaz. C'est l'heure des fantômes, c'est l'heure où tout revient, l'enfance à Trans, mes frères et sœurs, la guerre entre mes parents, la mort de mon père, trop de souvenirs, comme si j'étais déjà trop vieux. J'ai vingt ans, je suis en Kabylie, je ne sais pas quoi faire de tous ces souvenirs, de tout ce qui m'arrive ici, en Kabylie. Alors j'écris.

Et puis je découvre ce pays, l'Algérie, où j'ai tant voulu venir. Les week-ends, je descends à Alger ou je sillonne la Kabylie, les petites routes âpres et sèches qui montent loin dans le Djurdjura, à travers un paysage lunaire. Ou bien, vers Azazga, la forêt de Yakouren, ses hautes fougères dorées où l'on s'engouffre comme en un rêve. Pendant les vacances, j'explore le reste du pays. Les ruines de villes romaines, perdues au cœur des hauts plateaux, Timgad la militaire, Djemila où je retrouve Camus l'Algérien, ce texte superbe (*Le Vent à Djemila*) qui fait partie de mon bréviaire, comme *Noces à Tipasa*. La descente vers le sud, les premières oasis, Biskra, Touggourt, Ouargla… El Oued, la ville blanche aux mille coupoles, dans le Grand Erg, où les bruits sont étouffés par le sable, la ville où l'on marche sans entendre ses propres pas. Ghardaïa, la ville sainte, au cœur du Mzab. El Goléa, plus au sud. Le désert, ce désert de pierre, d'ocre et de feu, j'en ai tellement rêvé, c'est presque un cliché littéraire, religieux, un mythe. On a peur des mots, devant un tel envoûtement, on a peur de s'égarer dans une mystique de supermarché. La seule chose à faire, c'est de se taire. D'écouter ce pur et blanc silence magnétique qu'on n'entend qu'ici, en plein cœur du désert.

Mais le désert (autre cliché), c'est aussi l'aventure. En la matière, je n'ai pas été déçu. Un jour, avec des amis coopérants, à Ghardaïa, on discute, dans un café, avec des jeunes à qui on propose de faire un match de foot. D'accord, nous disent-ils, très bonne idée, venez demain à 15 heures au stade, on s'occupe de tout, les chaussures, les maillots, tout. Le lendemain, à 15 heures pile, on arrive, tranquilles. Le choc. On découvre qu'il y a un guichet. Et que les entrées sont payantes. Ils sont des milliers à avoir déjà payé, assis sur les gradins. Et la queue est encore longue, que canalisent des policiers en grand uniforme. On se frotte les yeux. On se donne des coups de coude. Ce n'est pas tout. Sur la pelouse, on joue déjà. Un match en ouverture, deux petites équipes locales. Les vedettes, c'est nous. Le lecteur perspicace aura peut-être déjà compris ce que nous réalisons, nous, péniblement, dans les vestiaires, en nous équipant de pied en cap : on nous a annoncés, *urbi et orbi*, avec force réclame et moult superlatifs, comme une sélection de l'équipe de France. Oui, parfaitement. Contre nous, des minables, des amateurs, face à notre magistral professionnalisme : la première équipe du Sahara.

Précisons le tableau, si vous le voulez bien. Nous autres, la flamboyante sélection française, avons joué, comme tout un chacun, jadis, en notre jeunesse, dans d'obscurs tournois scolaires au fin fond de nos provinces respectives. Nous n'avons, bien évidemment, simple détail, jamais joué ensemble. Et notre entraînement sportif, ici, en Algérie, confine au néant. En plus, je ne sais pas si vous êtes au courant, mais au Sahara, il fait chaud. Très chaud. Et la pelouse, c'est du sable. Si vous voulez mon avis, et je suis ravi de vous le donner, tout ça sent le traquenard. Nous allons nous ridiculiser, face à ces solides gaillards qui jouent sur leur propre terrain. Et qui, eux, en plus, savent jouer.

Une formidable ovation nous accueille. Comme au Mondial. Nous saluons, décontractés, vedettes en diable. Autant jouer le jeu. Que tous ces spectateurs y croient au moins quelques secondes. L'un de nous se dévoue pour faire le goal. Nous l'assurons de notre sympathie. Allez France ! C'est parti ! Si jamais ce foutu ballon m'arrive dans les jambes, qu'est-ce que je vais faire, Seigneur ? Miraculeusement, par pur hasard, à la faveur d'un gigantesque cafouillage, l'un de nous parvient à glisser le ballon dans les buts adverses. 1 à 0. Incroyable mais vrai. La riposte ne tarde pas. 1 partout. Deuxième miracle : c'est le score à la mi-temps. Ne me demandez ni pourquoi ni comment : mes souvenirs sur les détails de cette performance historique restent extrêmement confus. Le public, lui, est ravi.

Deuxième mi-temps : l'hallali, la débâcle, la retraite de Russie (le froid en moins). Nous transpirons à pleins seaux, nos muscles sont raides à craquer, nos articulations figées. Et les autres qui galopent, qui feintent, qui dribblent comme des gazelles. Et allez donc ! 7 à 1. Score, notez bien, inespéré. Le public est fou furieux. Il sent qu'il y a tromperie sur la marchandise. Il siffle, crie, hurle, conspue. Je ne donne pas cher, en ces irréparables minutes, du prestige de la France.

Voilà, c'est fini. Le vent de l'Histoire a soufflé sur nos nuques. Brûlant. Nous nous affalons sur le ciment des vestiaires, cacochymes, lessivés. Le club de Ghardaïa est content : la recette est grandiose. Tant mieux pour eux. Le lendemain, dans la rue, les gosses nous montrent du doigt, les passants ont des regards de mépris. Nous rasons les murs. En boitant. Ainsi prend fin ma brève, fulgurante, météorique carrière d'international de football. Au pays de Zidane, en plus.

Mais je découvre aussi en Algérie le plaisir de la mer. La mer en Bretagne, dans mon enfance, c'était loin (au moins vingt kilomètres !), on n'y allait presque jamais, ou alors pour voir les vagues, aux grandes marées. À Dellys, en Kabylie, dans les calanques, j'apprends le bonheur méditerranéen, l'eau chaude et claire, le soleil, le temps passé à ne rien faire, plonger, sécher sur les rochers, rêver, se taire, plonger. Ce pays est béni des dieux.

Sauf que c'est aussi une dictature, sous la main de fer du colonel Boumediene. L'armée, la gendarmerie sont omniprésentes. Surtout, bien sûr, en Kabylie, qui vient tout juste de se soulever à l'appel d'Aït Ahmed, figure historique de la guerre d'indépendance. Pour mater la révolte, Boumediene a envoyé ses blindés. Arrêté, Aït Ahmed s'est enfui de sa prison. Tout cela, c'était hier. La région entière est sous haute surveillance. Tous les jours, barrages, contrôles, fouilles. Souvent, à Alger, en Kabylie, on me raconte des histoires d'arrestations, de tortures, de disparitions. Le FLN, parti unique, tient le pays sous sa coupe. L'économie, elle, vit à la mode soviétique (on croise souvent, à Tizi-Ouzou, des coopérants russes, qui n'ont pas le droit de nous adresser la parole). Socialisation des moyens de production, centralisme bureaucratique, investissements massifs dans l'industrie lourde, au détriment de l'agriculture. Bien entendu, en cours d'histoire et géo, je dois rendre compte (c'est au programme) des performances de l'économie algérienne…

Un jour de décembre, en 1967, je me rends à Alger en car. Au bout de quelques kilomètres, barrage de l'armée, tout le monde descend, contrôle des papiers. Bref, la routine. Je réalise pourtant, peu après, qu'il se passe quelque chose d'inhabituel. Des blindés montent vers la Kabylie, on croise tout le long de la route des soldats en armes. À Alger, on m'explique : le chef d'état-major, Taha Zbiri, tente un coup d'État. Boumediene ne prend pas de gants. La rébellion sera liquidée en quelques jours.

Un peu plus tard, pour prouver que la Kabylie est pacifiée, Boumediene s'annonce à Tizi-Ouzou. Toutes les écoles sont réquisitionnées pour saluer le colonel-président. À cinq heures du matin, je descends en car, avec mes élèves. Comme tout le monde, le long du cortège, ils crient « Yahia Boumediene ! ». Et je verrai cet homme poupin, loin du colonel émacié des débuts, saluer la foule en souriant…

Mai 68 : Paris s'embrase, la France se met en grève. Moi, je prépare mes élèves pour la dernière ligne droite : le certificat d'études. Mais le vrai boulot, ce sera d'expliquer aux Algériens ce qui se passe. De Gaulle, pour eux, c'est le sauveur, on n'y touche pas, c'est sacré. Qu'est-ce qui leur prend, aux Français, de vouloir le mettre dehors ? Dialogue de sourds. Comment, surtout, expliquer que dans cette France si riche, si prospère, on veuille tout foutre en l'air ? J'ai ce souvenir, entre mille : alors que j'attends les résultats de mes élèves, à Tizi-Ouzou, j'ai l'oreille collée au transistor. J'entends la voix du général de Gaulle (« je ne me retirerai pas, je dissous l'Assemblée nationale… »). Mon cœur bat pour mes élèves, c'est leur avenir qui se joue. Mais je brûle d'être à Paris, où survient enfin ce que j'ai tellement souhaité…

Été 68 : je donne des cours de rattrapage à Tizi-Ouzou, pour ceux qui ont échoué au bac et qui se représentent en septembre. J'enseigne, entre autres, la philo. Vertige : je comprends, d'un seul coup, que la conception sartrienne de la liberté, que je me fais un devoir de leur exposer, se heurte chez mes élèves à un mur : habités par le sens du destin, du mektoub, ils résistent, me contredisent. C'est à moi d'apprendre cette autre vision, de m'y confronter…

Je garde aussi cette image, comme une énigme : un matin, très tôt, au début de l'hiver, j'attends le car sur la place de Djemaa-Saharidj, devant la mosquée. Un homme enveloppé dans son burnous hurle, invective, en faisant de grands gestes, l'air égaré, les yeux exorbités. En France, on dirait que c'est un fou. Oui, c'est un fou. Mais personne ne l'interrompt, ne se moque de lui. Les hommes, tout autour, l'écoutent respectueusement. Un de mes élèves, à côté de moi, me traduit ce qu'il dit. C'est le début du ramadan. L'homme exhorte à la prière, alterne avertissements et condamnations. Il est fou, mais quelque chose parle à travers lui, me dit l'élève. Il fait froid, le jour est encore pâle. Nous sommes là, transis, écoutant ce fou et ses incantations. Je suis fasciné et j'ai peur.

Trente ans après, j'ai gardé intacts ces images, ces mots, ces sensations, qui se réveillent en longues bouffées de nostalgie. Quand j'entends des noms de villes ou de villages, à la télévision, tout me revient, instantanément. Les couleurs, les odeurs, les visages. Les massacres, les tueries qui déchirent l'Algérie d'aujourd'hui, ce ne sont pas seulement des points sur la carte. Je me rappelle, j'imagine, je vois. Souvent, je rêve de l'Algérie. De ces petites routes, de ces pistes du Djurdjura que j'ai parcourues en tous sens. Ces routes, dans mes rêves, rejoignent celles de mon enfance, à Trans, les petites routes autour de Trans qu'avec mes frères et sœurs nous avons sillonnées tête au vent, à la recherche de trésors perdus, de secrets oubliés. Simplement, il arrive parfois que sur les routes de Kabylie, dans mes rêves, je rencontre la mort, le sang, des hurlements d'enfants.

J'ai perdu, bien sûr, la naïveté péremptoire du

jeune homme de vingt ans qui voulait « réparer ». Je n'ai cessé de lire, depuis, sur l'Algérie, de m'instruire, de m'informer. J'ai appris, sur la guerre d'indépendance, les horreurs et les massacres des deux côtés. Les sanglants règlements de comptes entre factions rivales, au sein du camp algérien. Je me dis parfois que la violence d'aujourd'hui n'est peut-être pas sans rapport avec cette violence-là, dont on parle si peu en Algérie.

Je me souviens de mes élèves, qui rêvaient de venir vivre et travailler en France, comme leurs pères, leurs grands-pères, leurs oncles ou leurs cousins. J'avais beau leur dire que ce n'était pas franchement le paradis pour les immigrés, en France : ils partiraient, c'était sûr. Un soir, à Paris, des années plus tard, un homme m'a interpellé dans un café. Il m'a dit : Excusez-moi, vous n'êtes pas Monsieur Alain ? C'était un de mes anciens élèves. Il était devenu chauffeur de taxi. Sa femme et ses enfants vivaient en Kabylie. Il les retrouvait chaque été. Nous nous sommes longuement regardés. On avait toute cette histoire, ensemble. Le poêle à bois. La cour de l'école sous la pluie, dans le froid, les poèmes de Si Mohand Mohand…

Je n'ai pas fini mes deux années de coopération en Algérie. À l'automne 68, je suis tombé malade. J'ai dû quitter l'école de Djemaa-Saharidj, pour passer mon dernier mois à Alger, avant ma démobilisation. Fin décembre, je suis arrivé à Paris. Une ville, pour moi, totalement inconnue. J'ai comme premier souvenir des bruits de pas sur le trottoir. Des milliers de gens qui marchent tellement vite, pressés d'aller je ne sais où, dans le froid de l'hiver. Ce crépitement de pas sur le trottoir me donne le vertige, après le silence et la lenteur des montagnes de Kabylie. Mais en même temps, c'est un rythme qui entraîne mon corps, mon cœur : je suis revenu en France, après presque cinq ans d'absence, j'ai la fièvre du retour, l'exaltation du commencement. J'ai fait des provisions d'ardeur, de courage. J'ai hâte. Je suis prêt.

Prêt à quoi ? Ce qui m'attend d'abord à Paris, après la parenthèse algérienne, c'est Sainte-Croix. Je rejoins la petite communauté parisienne, quelques étudiants réunis rue de Sèvres, dans un immeuble à curés qui sent le vieux et l'encaustique. Je vais suivre les cours de théologie à l'Institut catholique, rue d'Assas. Arrivé en cours d'année, il faut d'abord que je rattrape le premier trimestre, que je passe une série d'examens. J'aime bien l'idée d'être étudiant à Paris, en plein quartier Latin, en décembre 68. Après ces années passées au Québec, à Rome, en Kabylie, je me fais tout un cinéma de me retrouver à Paris, moi, le petit provincial qui n'y ai jamais mis les pieds. Après l'avoir tant attendu, espéré, j'ai vécu Mai 68 en Algérie, l'oreille collée au transistor. Alors je me promène boulevard Saint-Michel, rue Gay-Lussac, à la Sorbonne, à l'Odéon, je cherche des traces, je hume l'air, j'imagine, je rêve, je cherche ma place. En tout cas, s'il y a bien un endroit où l'esprit de Mai n'a pas soufflé, c'est à Sainte-Croix, rue de Sèvres. Pour eux, ça n'a été qu'une parenthèse, vite refermée. De Gaulle a failli partir, il est resté, il a gagné les élections, point final. De toute façon, ce qui compte d'abord, pour eux, c'est la vie en communauté, la messe, la prière, les études de théologie. Rémond, qu'est-ce que tu fais là ? C'est ce que je me demande, de plus en plus. C'est ce qu'ils me demandent, d'une façon plus ou moins détournée. J'ai tellement appris, à Rome. Et puis avec mes élèves, là-haut, dans la montagne, à Djemaa-Saharidj. J'ai trop d'histoires en moi. Trop d'envies, trop de désirs. Sérieusement : que reste-t-il de ma « vocation » ? J'ai passé l'âge des rêves d'enfant (missionnaire en Chine !) ou d'adolescent (prêtre-ouvrier à moto, serré dans sa canadienne !). Je suis chrétien, catho, j'ai la foi, j'aime l'étude de la Bible, j'aime la théologie. Et puis après ? Mystère et boule de gomme.

J'ai toujours fait confiance au hasard. Le voilà une fois de plus à l'œuvre, rue d'Assas, à l'Institut catholique. Très vite, sur les bancs de l'amphi, entre les cours de théologie morale, d'exégèse ou de grec biblique, je me trouve un complice, un frère. Socialement, nous sommes aux antipodes : Olivier vient d'une grande famille à particule, où les enfants vouvoient leurs parents, avec château, vignes et tout ce qu'il faut de solides traditions. Je pense, en l'écoutant me parler de sa famille, aux châtelains de Trans, le comte et la comtesse de la Villarmois, avec leur banc réservé à l'église, leur château prétentieux, où ma mère fait le ménage. Mais Olivier, dans la couvée familiale, est justement le vilain petit canard. Il est drôle, enthousiaste, généreux, jeune chien fou dans le sage jeu de quilles. Ce qui nous rapproche, outre notre commune appartenance à une famille nombreuse, c'est une même envie d'inventer, de secouer le cocotier, dans l'Église ou ailleurs, de tout faire péter. Il me fait rencontrer toute une bande de copains, autour de son cousin Frédéric, tous cathos, tous de la bonne bourgeoisie du 6e arrondissement. Tous en rupture de ban. Ils ont vécu Mai 68 à cent à l'heure, entre Nanterre et le quartier Latin. Ils ont écrit un livre sur l'école, ce qu'il faudrait changer dans l'école. Ils ont l'insouciance des jeunes bourgeois, habitués à vivre dans de grands appartements. Et le culot des idéalistes qui ne doutent de rien, qui croient, réellement, que tout est possible. Ce ne sont pas pour autant des gauchistes, au sens politique du mot : ils n'appartiennent à aucun des groupuscules qui fleurissent dans ces années-là, ils ne sont ni maos ni trotskos. Juste de jeunes cathos qui veulent tout chambouler, à leur façon. Voilà pourquoi je me sens bien au milieu d'eux, instinctivement. Même si, en même temps, j'ai l'impression d'être à des années-lumière de leur histoire, de leur milieu. Là d'où je viens, ils n'imaginent même pas ce que c'est. La maison de Trans, qui tient par les papiers peints, le cabinet au fond de la cour, l'eau qu'on allait chercher à la pompe, le froid et les engelures, les enfants les uns sur les autres, le manque d'argent, le rituel « maman paiera demain » aux commerçants, à la fin du mois. Je suis au milieu d'eux comme un extra-terrestre. Mais c'est moi qui suis chanceux, me dis-je, c'est eux qui sont à plaindre. J'ai eu la chance, la grâce, de vivre dans mon petit village perdu, si libre, si près des choses, des herbes, des bêtes, du monde. Je suis libre, au milieu d'eux. Je suis avec eux, l'un d'eux. Mais libre, à cause de cette histoire. Ici, en plein cœur du 6e arrondissement, avec ces jeunes bourgeois qui veulent tout réinventer, j'ai ma dose d'exotisme.

Ils m'entraînent dans leur repaire, leur quartier général : une cave en dessous de la majestueuse église Saint-Sulpice, une crypte transformée en chapelle. Ici, tous les dimanches, se rassemblent de drôles de paroissiens, réunis pour une messe bizarre, une liturgie du troisième type. Cette cave, baptisée Vatican II, est le lieu de rendez-vous des contestataires de l'Église officielle, celle d'en dessus, l'Église catholique, apostolique et romaine. En dessous, dans la cave, on invente, on bricole, on essaie de retrouver la pureté de l'Église primitive, les chrétiens réunis pour rompre le pain, au nom de l'amour, de la fraternité. Au nom du Christ. Je me sens tellement mieux là, dans cette église des catacombes, vivante, fragile, fervente, que dans la communauté de Sainte-Croix rabougrie, conformiste, où j'étouffe de plus en plus. Cette messe à Vatican II, dans la cave de Saint-Sulpice, autour d'un prêtre risque-tout, c'est une messe improvisée, qui se fabrique son propre rituel, on chante, on prie, on parle, c'est un vrai repas d'amour, libre, joyeux, spontané, signe de la présence du Christ. À cent lieues du fétichisme de la « présence réelle », cette « transsubstantiation » magique, atomes contre atomes, de mon professeur de cosmologie, à l'université Grégorienne. Évidemment, cette expérience, tolérée par l'Église officielle, sera vite dans le collimateur des autorités. Après des mois de discussions, tout ça finira mal : reprise en main de la cave, avant fermeture définitive…

En attendant, je rejoins une autre chapelle : le PSU. Depuis mon retour d'Algérie, ça me démange. L'envie de m'engager concrètement, de me mouiller. Mai 68 ne peut pas être mort et enterré, malgré le triomphe gaulliste de juin. Les idées circulent, ça bouillonne de partout, la société craque, des petits groupes allument les mèches, ça fuse, ça se propage, ça explose. Je ne peux pas rester sur le trottoir, à regarder, à applaudir, à commenter. Je veux en être. Acteur, pas spectateur. Le déclic, c'est la victoire du « non » au référendum d'avril 69. De Gaulle nous avait mis le marché en main : ou vous votez « oui », ou je m'en vais. L'occasion était trop belle. On l'a pris au mot. On a voté « non ». Il est parti. Adieu de Gaulle ! Ni regrets ni remords. On lui doit certainement beaucoup, à de Gaulle. À commencer par l'indépendance de l'Algérie, qu'il a imposée à son propre camp. Mais dix ans, ça suffit. C'est trop. On étouffe, dans cette France corsetée, rigide, frileuse. De Gaulle ne nous fait même plus rire, à la télé, avec sa tête de saint-bernard et ses grands gestes de cormoran. Qu'il parte. Qu'il s'en aille. Bon débarras. Le soir du vote, je regarde les résultats à la télévision, rue de Sèvres. Ça y est : victoire du non. Je ne vais tout de même pas rester là, devant le poste, au milieu de mes collègues de Sainte-Croix, au mieux apathiques, au pire effondrés. C'est dehors que ça se passe. Dans la rue. Au quartier Latin. Je me retrouve boulevard Saint-Michel, à crier « Adieu de Gaulle ! » avec des milliers d'autres. Je sympathise avec un étudiant américain venu tout exprès de Berkeley, dans la foulée de Mai 68. Les policiers sont partout. Le ministre de l'Intérieur de l'époque, Raymond Marcellin, est un obsédé du complot gauchiste. Le seul langage qu'il connaisse, c'est celui de la matraque. Alors les policiers chargent. Et cognent. L'étudiant californien lance un pavé, ce qui nous fait immédiatement repérer. Ruée d'uniformes noirs. Cavalcade. Coups de matraque. Mes premiers coups de matraque. C'est peut-être idiot, débile, infantile : mais je me sens, cette fois, vraiment revenu en France. Comme un coup de tampon sur mon passeport. Bienvenue au pays, me dit la police de Marcellin. Ça me donne de l'envie, de l'énergie, de la rage : c'est le moment d'y aller, de foncer. De m'engager.

Où ? Certainement pas au PC : mon allergie au communisme, sous toutes ses formes, est trop profonde (et mon séjour dans l'Algérie « socialiste » ne l'a pas arrangée). Encore moins chez les socialistes appellation contrôlée, complètement fossilisés, notabilisés. Ne parlons pas des maos (comment peut-on s'enthousiasmer pour le maoïsme et les gardes rouges ? Ça me dépasse complètement). Ni des trotskistes, qui m'ont tout l'air de sectaires doctrinaires. Reste le PSU. Une espèce d'auberge espagnole du gauchisme. Où l'on trouve d'ex-PC, des maos et des trotskos. Et une solide phalange de chrétiens de gauche. Qui, avec d'autres, inventeront la deuxième gauche. C'est cette cohabitation-là qui me plaît. Un parti encore jeune, qui bouge, qui invente, sans trop d'intolérance ni de sectarisme (j'ai dit : sans trop…). Réuni (plus ou moins) autour de son leader, Michel Rocard, dont l'intelligence et l'enthousiasme me séduisent. Et qui va se présenter à la prochaine élection présidentielle. De Gaulle parti, il faut en effet le remplacer. Voilà comment je prends contact pour la première fois avec le PSU : pour la campagne présidentielle de Rocard. Je ne suis, d'abord, que simple sympathisant. Telles sont les règles : avant de prendre sa carte, on observe, on est observé. Je participe aux meetings, je fais mes premières distributions de tracts. La logorrhée révolutionnaire me fait rire. Mais j'aime les envolées de Rocard, exigeantes et prophétiques. J'aime l'ambiance militante, les drapeaux, les slogans. J'aime être au milieu de tous ces « camarades » qui croient qu'on peut changer la vie – comme on ne disait pas encore.

Pour le deuxième tour de l'élection présidentielle, le choix est pathétique : Poher, ce chanoine centriste qui marche à l'eau tiède (et bénite) ; ou Pompidou, ce bourgeois à la Homais qui se croit moderne parce qu'il aime Vasarely. Le PSU appelle à voter blanc. Je ne vois pas comment je ne serais pas d'accord. Pompidou est élu. Il est pour moi le symbole de la médiocrité satisfaite. Tout en matraquant et en cognant, par Marcellin interposé. Quelques mois auparavant, Nixon a été élu président des États-Unis. Pompidou et Nixon aux commandes. Voilà de solides raisons pour faire, sinon la révolution, du moins de l'anti-résignation. Allez, au boulot !

Pendant ce temps-là, il y a toujours la vie à Sainte-Croix, rue de Sèvres. Et les études de théologie, rue d'Assas. Dans ma tête, ma décision mûrit : je vais quitter Sainte-Croix, renoncer à cette « vocation » censée être la mienne. C'est un piège, cette idée de vocation. Ça veut dire, m'a-t-on appris, jadis, à Dinan, au pensionnat, qu'on est « appelé » par Dieu pour le servir. C'est à la fois une grâce, un privilège (tout le monde n'a pas l'insigne chance d'être appelé, distingué par Dieu). Et une obligation, une contrainte : Dieu t'a appelé, tu ne peux pas dire non. Tu n'as pas le choix. C'est le genre de choses qui s'impriment dans la tête d'un enfant. Et qui y restent longtemps. Surtout quand on est scrupuleux, loyal, comme je l'étais alors. Comment dire non à Dieu, quand on a été élevé dans l'idée que c'est Dieu qui commande, qui prime ? Comment ça vient, cette idée de vocation ? Comment ça germe ? J'y ai cru, loyalement. « Choisi » par Dieu, j'ai voulu aller jusqu'au bout. Par fidélité. C'est fini. Je me suis débarrassé de ce déterminisme. Je me suis réapproprié ma liberté. C'est ma vie qui est en jeu. C'est à moi de choisir. C'est à moi de faire ma vie. Je suis allé le plus loin possible dans cette voie. Je sais que ce n'est pas la mienne. Je vais partir d'ici, de Sainte-Croix. Je ne sais pas encore quand. Il faut d'abord que je passe mes examens de théologie. Cet été, je réfléchirai, j'en parlerai. Je déciderai.

Je passe mes examens, je pars en voiture vers la Bretagne, vers Trans, vers ma famille. Un mauvais virage, près de Mortagne. Réveil à l'hôpital. Scalp du cuir chevelu, fracture de la colonne vertébrale. Fin de partie. Un été de douleur, dans mon corps. Et d'absence à moi-même. Survivre, tenir. Le monde s'écroule. Réfléchir, décider ? J'en suis incapable. En fait, la vie a décidé pour moi. Cet accident m'a fait basculer dans un autre monde. Voilà, c'est fait. Somnambule, automate, je sais que je suis ailleurs. De l'autre côté. Ma vie s'est brisée net. Il y a avant. Et après. Sainte-Croix, ma vocation, tout cela s'est effacé. C'est mort. C'est fini. Ça n'existe plus. C'est un miracle que j'existe encore. C'est la seule chose qui me tient : j'existe. Un pas devant l'autre, un jour après l'autre. J'ai vingt-deux ans. La vie est en avant.

En septembre, je suis à Paris, rue de Sèvres. J'informe la communauté de ma décision : je m'en vais. Personne n'a l'air surpris. Personne n'essaie de me retenir. Voilà, c'est fini. Je suis soulagé, libéré. Mais en même temps tout noué d'angoisse. Ce départ de Sainte-Croix, que j'ai si souvent imaginé, est une plongée dans la nuit noire. Je suis loin d'être remis de mon accident. J'ai le corps cassé, la tête vide. Et je n'ai pas la moindre idée de ce que je vais faire. Bien entendu, je n'ai pas un sou. Il faut que je trouve du travail. Un logement. Qu'est-ce qu'on peut espérer, comme boulot, après un noviciat, des études de philosophie et de théologie ? Sainte-Croix m'héberge quelques semaines, le temps de me retourner. Je fais les petites annonces. Celle-ci sera la bonne : Bayard Presse, groupe de presse catholique, cherche des employés pour classer les fiches au service Abonnements. Voilà, c'est mon premier boulot :

classeur de fiches. Premier jour, première surprise : il y a un ascenseur pour les journalistes et les cadres, un autre pour les simples employés. Deuxième surprise : je me retrouve dans une immense salle, avec des dizaines de dactylos alignées les unes derrière les autres, comme à l'école et, face à elles, assise derrière son bureau, le chef de service, une bonne sœur qui tient tout le monde à l'œil. On m'installe au fond, avec d'autres classeurs de fiches. Toute la journée à faire ça : vérifier les adresses des abonnés (on appelle ça une vérif) et, s'il y a lieu, les modifier (on appelle ça une modif). Avant de les classer. Parfois, rarement, il faut vérifier qu'une modification a bien été effectuée. On appelle ça une vérif de modif. La vie de l'employé de bureau est ainsi faite qu'une vérif de modif peut suffire à illuminer une journée. La vérif de modif est le Graal des classeurs de fiches. Comme à l'école, on n'a pas le droit de parler. Mais on parle, bien sûr. Nous, les classeurs de fiches recrutés par petites annonces, on n'est pas franchement dans la norme. On sait bien qu'on n'y passera pas notre vie. Enfin, on espère. Et puis il y a deux étudiantes, qui classent des fiches à mi-temps, pour payer leurs études. Les étudiantes et les classeurs de fiches, on sympathise rapidement. Elles nous invitent à venir boire l'apéro chez elles. Elles habitent un petit appartement, avec une troisième colocataire qui, elle, est bibliothécaire.

Je me suis finalement trouvé une chambre à louer, derrière la place Clichy. C'est chez un vieux monsieur, qui vit tout seul et que ça rassure d'avoir quelqu'un chez lui. Une petite chambre dans un petit appartement, où je ne dois pas faire de bruit. Voilà ma vie : huit heures par jour à classer des fiches chez Bayard Presse. Et la petite chambre chez le vieux monsieur, derrière la place Clichy. J'ai l'impression de n'avoir jamais été aussi seul. Toutes ces années dans une communauté, ou à l'école de Djemaa-Saharidj, en Kabylie. Et puis avant, bien sûr, la famille. La tribu familiale, à Trans. Je suis seul, je me débats avec mon corps cassé, l'avenir est un trou noir. Heureusement, j'ai repris contact avec la bande de Saint-Sulpice, Olivier, Frédéric et les autres. On se retrouve le dimanche dans la cave de l'église, la crypte Vatican II, pour nos messes pas très catholiques. Jusqu'à ce qu'on nous en chasse. Et puis on discute, à n'en plus finir, chez les uns ou chez les autres, de livres, de disques, de films. De Pompidou et de Marcellin. De Nixon et de la guerre du Vietnam. Heureusement, aussi, j'ai franchi le pas au PSU : de sympathisant, je suis devenu adhérent. J'ai rejoint la section à laquelle appartiennent les premiers membres du PSU que j'ai rencontrés, lorsque j'habitais rue de Sèvres : celle du 7e arrondissement. Disons, par litote, que le 7e arrondissement n'est pas franchement connu pour sa fibre populaire ni ses emportements révolutionnaires. C'est le quartier des ministères, des ambassades, de l'École militaire, d'une bourgeoisie discrète et rentière. Voilà où je milite. Où je défends les intérêts des travailleurs. Après tout, pourquoi pas ? Porter la contradiction au cœur de la bourgeoisie triomphante, ça a de la gueule, je trouve. La secrétaire de section, de famille républicaine espagnole, travaille à l'UNESCO. Il y a un banquier (d'extrême gauche). Un avocat (d'extrême gauche). Et même un ouvrier, qui travaille dans une imprimerie. C'est une section très sollicitée par l'appareil local du PSU, lors des votes de résolutions, de motions, ou pour les congrès. La fédération de Paris, qui était dirigée par la tendance trotskiste, vient de passer aux mains de la tendance mao. Nous, dans le 7e arrondissement, on n'est ni trotskistes ni maoïstes. On serait plutôt du genre sociaux-démocrates à la sauce extrême gauche (espèce assez rare, je le reconnais). Voilà pourquoi nous sommes très courtisés : l'apport de nos voix peut suffire à faire basculer la majorité dans un sens ou dans un autre. En tout cas, ce qui est sûr, c'est qu'on ne s'ennuie pas, au PSU. On n'arrête pas de débattre, de discuter, de se chamailler, de manifester, de se faire tabasser. On défend les usagers des transports en commun (tracts dans le métro à 6 heures du matin), les grévistes de la Poste, les travailleurs immigrés, les prisonniers, les victimes de la répression policière, les femmes en lutte pour leurs droits, la représentation syndicale dans l'entreprise… On rencontre des militants palestiniens. Des Américains contre la guerre du Vietnam. Au bout de quelques mois, je serai élu secrétaire de la section. À moi la griserie des congrès, les batailles de mandats, les négociations de courants jusqu'au bout de la nuit… Mais je vais trop vite.

Voilà, en tout cas, ce qui m'a sorti du noir : la bande de Saint-Sulpice et le PSU. Et puis, à force de prendre des apéros chez les deux étudiantes qui classent des fiches à Bayard Presse, je fais davantage connaissance avec leur colocataire, la bibliothécaire. Peu à peu, je viens chez elles non plus d'abord ni seulement pour les étudiantes. Mais pour la bibliothécaire. Elle a les yeux bleus. Elle est belle. Elle est douce. Elle est vive. Elle est vraie. Elle s'appelle Anne.

Un jour, le chef des classeurs de fiches, à Bayard Presse, la bonne sœur qui nous surveille derrière son bureau, nous convoque. C'est pour nous avertir que notre mission est terminée, que nous avons fait toutes les vérifs et les modif nécessaires, sans parler des vérifs de modifs. Et que, par conséquent, la maison n'ayant plus besoin de nos services, nous pouvons disposer. En clair : nous sommes virés. La conséquence immédiate, pour moi, c'est que, n'ayant plus de salaire (même ridicule), je ne peux plus payer ma chambre. Mes copains de Saint-Sulpice proposent de me dépanner. Pendant quelques mois, je loge dans un coin d'appartement, dans une chambre de bonne inoccupée. J'essaie de me débrouiller avec le peu d'argent que je grappille par-ci par-là. Je travaille quelque temps à Nouvelles Frontières, à l'époque où c'est une minuscule agence qui bricole des voyages « engagés », « différents ». Jacques Maillot, le patron, est un copain de mes copains de Saint-Sulpice, qui lui ont servi d'accompagnateurs-défricheurs. Dès que j'ai trois sous, je file au cinéma. Je me goinfre de films comme un malade. Je préfère me passer de manger. Avec la bande de Saint-Sulpice, on invente une revue, qu'on appelle *Peut-être.* On écrit tous, plus ou moins. Poèmes, dazibaos, contes horribles, nouvelles déjantées, dérives surréalistes... On retrouve tout ça dans notre revue, qu'on passe un temps fou à mettre en pages, avec les moyens du bord. On en publiera deux numéros, avec la même fougue, le même enthousiasme. Et puis on arrêtera là. Pour passer à autre chose. On n'a pas le temps de s'ennuyer, à Paris, au début des années soixante-dix. Entre manifs, meetings, cinéma et poésie, la vie est magique. Je vais souvent au Centre américain, boulevard Raspail, j'ai envie de garder le contact avec la culture américaine, musique, littérature, politique, comme lorsque j'étais à Rome, au Collegio di Santa Croce. C'est l'époque des *hootenanies*, soirées folks inspirées de la scène new-yorkaise, où se produisent chanteurs et musiciens.

Et puis je retrouve Yves, un de mes plus vieux amis. On s'est connus à Dinan, en pension. Il y était entré un an avant moi. Le frère Joseph, le frère recruteur qui battait la campagne pour susciter des vocations, l'avait convaincu de venir à Sainte-Croix, à Dinan, avec cet argument décisif : si tu viens, tu verras le Mont-Saint-Michel. Yves avait dix ans. Il a ouvert des yeux ronds. Il est venu à Dinan. Et il a vu le Mont-Saint-Michel. Voilà à quoi ça tient, parfois, la vocation. Tous les deux, à Dinan, nous avons fait nos études ensemble. Puis nous sommes allés, ensemble, au Canada. Et à Rome. Mais Yves n'avait qu'une attirance modérée pour la philosophie. Surtout en latin. Après avoir somptueusement (et délibérément) raté ses examens, il est rentré en France. J'ai perdu le contact avec lui pendant ma deuxième année à Rome et ma coopération en Algérie. Et puis voilà qu'on se retrouve à Paris. Il a lui aussi quitté la communauté de Sainte-Croix. Il bricole à droite et à gauche, comme moi. Loin de Sainte-Croix, dans l'effervescence de ces années compulsives, on se retrouve. On a la même passion pour les films américains et italiens, on se gave de romans policiers, ceux de la grande époque, Hammett, Chandler, Goodis, Thompson, Williams… On a deux idoles : Jack Kerouac et J. D. Salinger. On devient vite inséparables. Et on commence, tous les deux, à écrire dans des revues de cinéma. Tout a l'air facile, dans ces années-là. On connaît quelqu'un qui connaît quelqu'un qui connaît quelqu'un… Et on finit par lire son nom sous une critique de film. Bien sûr, on n'est pas payés. On ne pense même pas à réclamer. On est dans le bonheur. On verra bien après.

Au PSU, je fais ma synthèse personnelle entre septième art et révolution : je rejoins le groupe cinéma, où on réfléchit gravement sur le cinéma engagé, militant, pour mieux vilipender le cinéma bourgeois. Je suis un peu embêté, parce que si je défends le cinéma engagé, j'aime bien, aussi, le cinéma bourgeois. Un certain cinéma bourgeois, du moins. J'ai appris que les contradictions peuvent être fécondes. Je suis très calé en théorie de la contradiction. On organise aussi des stages de formation pour les camarades militants. Je suis préposé à des cours de lecture de films : mise en scène, construction, effets de montage… Soi-disant pour mieux dénoncer les manipulations du cinéma bourgeois. En réalité (et dans la consternation générale) pour me lancer dans une grande déclaration d'amour au cinéma. Bourgeois ou pas.

A Noël, après mon accident, pendant un court séjour à Trans, j'ai dit à ma mère que j'avais quitté Sainte-Croix. Que je ne voulais plus être prêtre. Elle m'a regardé d'un air pensif. J'ai senti que c'était une part de rêve en elle qui s'effaçait. Je crois qu'elle aimait bien l'idée que l'un de ses enfants ait la vocation religieuse. Tellement présente, l'Église, dans notre famille. Tellement consubstantielle à notre histoire. Toute la vie habitée, rythmée par la vie de l'Église. Mais ce lien indissoluble, peu à peu, chez elle aussi, s'est distendu. Comme chez nous, ses enfants. Tandis qu'elle me regardait, d'un air pensif, j'ai senti que se faisait en elle ce passage entre un rêve, celui de me voir prêtre, et la fin d'un monde, le sien, celui de son enfance. Les temps ont changé, je le sais bien, disait son regard, entre confiance et désarroi. Puis elle m'a dit : tu es libre, tu fais ce que tu veux. Mais j'ai compris qu'il fallait que je la rassure, d'une manière ou d'une autre. Je lui ai parlé de la bande de Saint-Sulpice, de la crypte Vatican II, je lui ai dit qu'on essayait d'inventer autre chose, une autre façon de vivre la foi. Je la regardais s'essuyer les mains avec son torchon, dans la cuisine, à Trans. Dans cette maison de tous les bonheurs, de tous les malheurs. Ma mère, seule, après la mort de mon père. Se demandant quelle vie nous étions en train de choisir, nous ses enfants. Quelle famille nous étions en train de devenir. Inquiète et confiante, ma mère, dans la cuisine, à Trans.

Mais voici venu le moment de faire réapparaître un personnage aperçu furtivement à mi-chemin de ce récit. Page 179, exactement. Le lecteur l'a sans doute oublié. Je l'ai pourtant prévenu qu'il ne perdait rien pour attendre. Qu'il ne s'en tirerait pas à si bon compte. Je veux parler, bien entendu, de Bob Dylan. Je sens qu'ici une pause s'impose. Une pause à usage à la fois préventif et rétrospectif. Si Bob Dylan t'énerve, lecteur, si tu ne peux pas le voir en peinture, ou même s'il t'est totalement indifférent, je te conseille charitablement de sauter les pages qui suivent et d'aller voir plus loin. Je crains de t'agacer, de te faire perdre ce qui te reste de patience. Quand je parle de Bob Dylan, je perds tout sens de la mesure. Je deviens infréquentable. Je profite de cette parenthèse pour demander pardon, *urbi et orbi*, à tous ceux que j'ai saoulés, bassinés, depuis des années, avec Bob Dylan. Combien de fois ai-je obligé mes plus proches amis, ou de vagues connaissances qui ne m'avaient rien fait, à supporter mes délires sur Dylan ou, pire, à écouter, séance tenante, telle ou telle chanson de mon héros ? Quand ce n'était pas une succession de chansons, habilement (!) choisies pour donner une juste idée de la vaste étendue du talent du maître, entrecoupées de mes commentaires, aussi pédants qu'insupportables. J'ai honte. Oui, j'ai honte. Et pourtant je l'ai fait, sans regrets ni remords. J'ai emmerdé la terre entière avec Bob Dylan. Et je m'apprête à recommencer. Je n'ai aucune excuse. Ni pour ce que j'ai fait. Ni pour ce que je vais faire. Sinon celle-ci : je suis atteint de dylanophilie aiguë. Je doute que ce soit une circonstance atténuante. Mais assez parlé. Allons-y. Vous l'aurez voulu.

Page 179, donc, je racontai comment, à Rome, au Collegio di Santa Croce, j'écoutai un jour, pour la première fois, une chanson de Bob Dylan, avec mes amis américains. Comment ils m'expliquèrent, d'un ton pincé, que ce Dylan-là, très rock and roll, trahissait le vrai Dylan, celui d'avant, cent pour cent folk. Et comment, par voie de conséquence, je me mis à écouter le Dylan d'avant. Puis celui de pendant. Et celui d'après. Résultat : depuis ce jour de 1965, je me suis immergé dans les chansons de Dylan, jour et nuit (j'exagère à peine). À Rome, Dylan. En Algérie, Dylan (j'ai dévalisé le seul disquaire d'Alger qui vendait les précieux albums). En France, Dylan, plus que jamais. Je me suis constitué une discothèque complète, officielle aussi bien que pirate. Par des voies bizarres et certainement illégales, connues seulement des cinglés dans mon genre, je me suis fait envoyer, en provenance de Vienne (Autriche), d'inestimables trésors : chutes d'enregistrements, chutes d'albums, concerts enregistrés en douce. Un vrai pactole. J'ai lu tous les articles, collectionné toutes les photos. J'ai vu *Don't look back*, en français et en anglais, le film de Pennebaker sur la tournée anglaise de Dylan en 1965, un nombre incalculable de fois. Je me suis procuré une édition pirate, dactylographiée sur des feuillets agrafés, de *Tarentula*, l'unique roman de Dylan. J'ai écouté, ré-écouté chaque chanson (et aussi, comme je l'ai dit, fait écouter...). Je n'ai cessé de parler de Dylan à tout le monde, la bande de Saint-Sulpice, les copains du PSU, les classeurs de fiches à Bayard Presse, mes frères et sœurs, Anne. Aucun n'a songé à me dénoncer à la police pour harcèlement textuel. Je les en remercie, officiellement et collectivement. Quelle patience !

Et puis un jour je me suis dit : pourquoi, au lieu d'embêter tes seuls amis et connaissances, n'embêterais-tu pas des milliers d'inconnus en écrivant un livre sur Bob Dylan ? On est en 1970. C'est l'époque où je loge à droite et à gauche, chez les copains de Saint-Sulpice, en trimballant mes disques. Deux coups de chance vont précipiter les événements. Premièrement : je trouve à me loger gratuitement. Je lis, un jour, une petite annonce au Centre américain : « Cherche étudiant américain pour garder mon fils, en échange d'une chambre. » Je ne suis ni étudiant, ni américain. Mais je téléphone aussitôt. Miracle : je suis le premier. Je décroche un rendez-vous. Une jeune femme, dans un grand appartement bourgeois du 15e arrondissement, m'explique qu'elle est divorcée, qu'elle travaille beaucoup, qu'elle a un fils de sept ans, confié à ses parents à elle (son père est un grand industriel, cet appartement est le sien). Et qu'elle cherche, donc, un étudiant américain pour prendre son fils à la sortie de l'école, lui faire faire ses devoirs. Et le promener le mercredi après-midi. Mais, dites-moi, vous n'êtes pas américain ? Certes non, lui dis-je. Mais je suis étudiant à l'École pratique des hautes études (honteux mensonge) et je prépare une thèse sur un grand poète américain (deuxième mensonge, pour lequel je réclame les circonstances atténuantes : j'ai bel et bien l'intention d'écrire un livre sur un grand poète américain – devinez qui...). Elle me regarde, hésite un instant. Puis me dit : c'est d'accord. Venez, je vais vous montrer votre chambre. Elle est au septième étage, sous les toits. Un lit, une table. Un lavabo (eau froide exclusivement). Ça me va. Nous redescendons à l'appartement. Son père, l'industriel cossu, est arrivé. Elle me présente. Il me jauge, derrière ses lunettes. Il a deux recommandations à me faire. Premièrement : vous n'avez le droit de prendre l'ascenseur que pour accompagner mon petit-fils à l'appartement. Pour monter dans votre chambre, prière d'utiliser l'escalier de service. Lequel est extérieur (sympa quand il pleut). Je revois Bayard Presse, avec ses deux ascenseurs : l'un pour les journalistes, l'autre pour les employés… Deuxième recommandation : au septième étage, sous les toits, loge aussi la bonne espagnole. Je ne veux pas d'histoire avec la bonne espagnole, compris ? Compris.

Ainsi commence ma vie rue Lacretelle, dans le 15e arrondissement. Une vie qui s'annonce radieuse. Non seulement je ne paie pas ma chambre, mais j'ai de l'argent devant moi. C'est le deuxième événement miraculeux : en dédommagement de mon accident de voiture, l'assurance m'octroie un petit pécule. Rien d'astronomique (en réalité, je découvrirai plus tard que je me suis fait rouler dans la farine), mais suffisamment pour tenir quelques mois. Et me consacrer exclusivement à mon grand œuvre : un livre sur le plus grand poète américain vivant, Robert Zimmerman, *alias* Bob Dylan. Mon point de départ est simple : de quoi, au juste, parle-t-il dans ses chansons ? Dans tous les articles que je lis, il n'est question que de sa musique, de son passage du folk au rock, de ses influences, de ses musiciens. Quant au fond, on en reste, en France, aux clichés : un chanteur engagé, qui se bat contre le racisme, la course aux armements, la guerre, la misère, etc. Toutes choses qui ne sont pas fausses. Mais qui seront à l'origine d'un tenace malentendu. Dylan est bien plus qu'un chanteur engagé. Ou alors engagé sur bien d'autres fronts, plus complexes, plus secrets (ça y est, je suis parti, vous n'allez plus pouvoir m'arrêter, je vous avais prévenus...). Je commence par retranscrire l'intégralité de ses chansons, grâce à deux amis américains qui y passeront des heures, l'oreille collée au haut-parleur (qu'ils soient bénis jusqu'à la septième génération !). Il n'existe alors, en effet, aucun recueil de ses textes. Puis je m'attelle, toujours aidé par mes deux acolytes, à la traduction. Extraordinaire voyage. Jour et nuit, quand je ne suis pas occupé à faire travailler ou à promener le petit-fils de l'industriel, j'écoute, je traduis, j'écris. Au mur de ma chambre, j'ai affiché un immense poster de Dylan. Partout, sur ma table, sur mon lit, sur le sol, des bouts de papier remplis de notes, de bribes, d'extraits. Je suis complètement dylanophilisé. Embarqué dans les rêves, cauchemars, explorations du petit joueur d'harmonica à la voix nasillarde. Je suis né au Minnesota. J'ai débarqué à New York, en plein hiver, pour chanter dans les cafés de Greenwich Village. Je suis allé voir Woody Guthrie, malade, à l'hôpital. Je suis allé soutenir les Noirs dans le Sud. J'ai chanté pour la paix avec Joan Baez, avec Peter, Paul and Mary. Je suis parti sur des chemins intérieurs, bibliques, prophétiques, mystiques. J'ai fait exploser le langage. J'ai branché l'électricité sur mes mots délirants. Je suis allé aux confins du moi, du mal. Je me suis enfoncé au bout de la nuit. J'ai eu un accident de moto providentiel qui m'a obligé à m'arrêter, à réfléchir, à changer.

Ah, vous voyez bien : Dylan, c'est moi. Cet accident, je l'ai eu, moi aussi. Et j'ai changé de vie. Voilà où j'en suis, dans ma petite chambre de la rue Lacretelle, sous les toits. En plein délire. En plein bonheur. J'écoute comme un malade, sur mon vieux Teppaz. J'écris comme un malade. Un jour, alors que je rentre du Jardin d'acclimatation avec le petit-fils de l'industriel, le maître des lieux me regarde d'un drôle d'air : il est monté au septième étage, l'autre soir, et il a entendu une musique bizarre, quelqu'un qui chantait comme un chat écorché. Après un silence, il conclut : ça doit être la bonne espagnole qui écoute la musique de là-bas, des trucs de sauvage. Lâchement, je ne dis rien. Je travaille sur un grand poète américain. De la musique ? Où ça, de la musique ? Un autre jour, je frôle la catastrophe. L'industriel me présente, ravi, une de ses connaissances, professeur à l'École pratique des hautes études. Là où je suis censé suivre des cours pour écrire ma thèse. Horreur ! Je vais être démasqué ! Heureusement, j'avais pris mes précautions. Grâce à des amis, je me suis renseigné sur les cours, les profs, les contrôles. Je bluffe comme un pro. Le distingué professeur n'y voit que du bleu. Sauvé.

Dylan, c'est le Rimbaud d'aujourd'hui. C'est le Rimbaud électrique. J'en suis convaincu. Je est un autre, c'est la clé de sa parade sauvage. Il se cache, il fuit, il s'échappe. Toujours ailleurs, toujours plus loin. Jamais là où on l'attend. Juif et chrétien. Les prophètes et le Christ. Brouille les pistes. Sème ses poursuivants. Protège son royaume, défend sa liberté. Y compris en amour. Voilà ce que je raconte à Anne. Qui vient souvent rue Lacretelle, au septième étage.

Mon livre est fini, je me fais l'effet d'un zombie, débarquant d'une autre galaxie. Je m'étire, je me secoue, j'ouvre des yeux tout neufs sur le monde alentour, comme si je ne l'avais pas vu pendant ces longs mois. Mon livre est fini, il faut que j'arrive à le publier. Mes amis de Saint-Sulpice ont une idée : ils m'envoient chez l'éditeur qui a publié leur livre sur l'école, après Mai 68. C'est plutôt un éditeur d'essais en sciences humaines, en problèmes de société. Un chanteur de rock, c'est pas vraiment son domaine. Mais pourquoi pas ? Pourquoi pas, en effet. J'envoie mon manuscrit. Et j'attends. Entre-temps, mon pactole, cadeau de l'assurance, a fondu. Je me trouve un petit boulot, un contrat de quelques mois : enquêteur à l'Association pour la formation professionnelle des adultes. Le boulot, c'est d'aller au siège des syndicats, pour récolter toute l'information disponible sur la formation professionnelle. Ça me permet de voir les grandes centrales syndicales de l'intérieur. De nouer des contacts. Avec mes camarades enquêteurs, on écrit un rapport. Je suppose qu'un nouvel enquêteur, des années plus tard, a fait un rapport sur notre rapport.

Surtout, en cette année 71, alors que je suis depuis quelque temps secrétaire de la 7e section du PSU, je fais le grand saut : je me présente aux élections municipales. Tête de liste, parfaitement. Je rappelle que je milite dans le 7e arrondissement de Paris. Dont le maire, depuis des siècles, est l'inamovible Édouard Frédéric-Dupont, député de tendance très droite. Élu régulièrement au premier tour, avec des scores staliniens. Inutile de dire que ma candidature s'apparente au geste fou du kamikaze. Mais ça m'est égal. L'essentiel, c'est de se battre. Et, comme le dit la chanson, ce n'est qu'un début… En cette année 71, apogée du gauchisme, le PSU a décidé une grande première : faire une liste commune avec un des fleurons de l'extrême gauche, Lutte Ouvrière. À l'époque, nos relations se limitent, peu ou prou, à se faire matraquer ensemble par Marcellin. Certes, ça crée des liens. Mais dire qu'on se connaît parfaitement, qu'on se fréquente, ce serait aller vite en besogne. L'idée, en faisant liste commune, c'est de montrer à l'opinion (et, accessoirement, au pouvoir pompidolien) que l'extrême gauche est capable de surmonter ses divisions pour défendre, ensemble, les intérêts des travailleurs. Ainsi s'intitule, en effet, notre liste : « Paris aux travailleurs ». Les accords d'appareil stipulent qu'elle doit être parfaitement paritaire (politiquement, s'entend) : un PSU, un Lutte Ouvrière, etc. Je suis donc chargé, en tant que tête de liste, de rencontrer les candidats désignés par Lutte Ouvrière. J'ai l'impression, d'un seul coup, de basculer dans la clandestinité. On me fixe des rendez-vous dans des arrière-salles de bistrots paumés au fin fond du 20e arrondissement, avec des militants munis de fausses identités (le pseudo est la règle à Lutte Ouvrière), jetant constamment des regards inquiets vers la porte d'entrée. Des fois que la police viendrait nous arrêter. Je suppose que ça doit les exciter, de jouer les résistants clandestins. Moi, ça me fait plutôt rigoler. Mais, bon. Finalement, la liste est bouclée. Je ne sais même pas qui sont exactement mes colistiers de Lutte Ouvrière. On fait pourtant campagne ensemble : collage d'affiches la nuit, distribution de tracts aux bouches de métro, à la sortie des hôpitaux… À l'époque, les ennuis ne viennent pas que de la police de Marcellin. Mais aussi des fachos d'Occident. Au métro École militaire, un soir, à 18 heures, on est sauvagement agressés par des brutes au crâne rasé. Qui vient à notre secours ? Les bourgeois et bourgeoises du 7e arrondissement, en loden et jupe plissée. Si ça se trouve, ils vont voter pour nous… Le soir du premier tour, je suis à la mairie du 7e arrondissement, en tant que challenger officiel de l'inamovible Édouard Frédéric-Dupont. Qui, sportivement, vient me serrer la main. Évidemment, il est réélu dès le premier tour, sous les acclamations de la foule. Notre liste « Paris aux travailleurs » fait, elle, 5 % des voix. Un vrai triomphe.

Je ne me souviens plus si c'est la même année, mais j'ai cette autre image de cette époque gauchiste. Le PSU, avec tous les mouvements d'extrême gauche, décide une grande manifestation pour s'opposer à un meeting d'Occident, au Palais des Sports, autorisé par Marcellin. Nous voilà tous en rangs serrés, bras dessus bras dessous, banderoles au vent, déboulant par le boulevard Lefebvre, décidés à empêcher ce meeting fasciste.

Je suis plein d'ardeur et de colère, bien sûr. Mais, dans un coin de ma tête, je me dis que si on arrive à pénétrer à l'intérieur du Palais des Sports, où nous attendent les brutes au crâne rasé, ça va être le carnage. En bas du boulevard Lefebvre, porte de Versailles, nous attendent des escouades de CRS casqués, la matraque à la main. Surgissent alors, au premier rang de la manif, casqués eux aussi, des militants de la Ligue communiste. Ce qu'ils brandissent, ce ne sont pas des matraques mais des cocktails Molotov. Le premier lancé atteint son but : un car de police s'enflamme immédiatement, les CRS reculent, dans les hurlements de la foule et le crépitement des flammes. Vision de folie. Les militants casqués se ruent en avant, nous derrière, les nervis d'Occident se préparent à l'assaut, je sens venir la boucherie. Mais les CRS se ressaisissent, appellent des renforts, bloquent l'entrée du Palais des Sports, nous obligent à battre en retraite. Je ne devrais pas le dire, mais je pousse un ouf de soulagement. C'est bien la première fois que je suis content que la police nous attaque. Sinon, je voyais d'ici le massacre, avec les tarés d'Occident… Mon soulagement est de courte durée. Toute la nuit, les CRS nous poursuivent dans les rues du 15e arrondissement, jusque dans les cours d'immeubles, matraquant tout chevelu en vue. Cœur battant, trouille au ventre, toute la nuit cette cavalcade, le bruit obsédant des gros souliers derrière nous… Il m'arrive encore de faire des cauchemars, venant de ces années-là : les CRS de Marcellin nous traquant dans les cours, dans les escaliers, dans les couloirs…

Mais je suis déjà lancé dans une autre aventure. Avec mes copains de Saint-Sulpice, Olivier, Frédéric et les autres, on a décidé de passer aux actes. Nos messes dans la cave, sous l'église, c'est fini. Les autorités y ont mis le holà. Et de toute façon, l'Église catholique, officielle ou pas, on est en train de s'en éloigner. Tous ces dogmes, cette liturgie, ces sermons, ce baratin convenu, éternellement ressassé, on ne supporte plus. Ce qu'on veut, c'est inventer autre chose, entre nous. La mode est alors aux communautés, en Ardèche, dans le Larzac ou ailleurs. Retour à la nature, élevage de chèvres et riz complet, ce genre de choses. Notre idée à nous n'est pas tout à fait la même. D'abord, on vit à Paris, on reste à Paris. Aucun d'entre nous ne se sent une vocation de berger, d'agriculteur alternatif ou d'éleveur de lapins angoras. On ne veut pas fuir la société, on veut la changer de l'intérieur (chacun ses utopies). On veut surtout nous changer, nous, de l'intérieur. Sortir de nos modes de pensée traditionnels. Aller voir ailleurs. Du côté de l'Orient, par exemple. On veut réfléchir ensemble, discuter ensemble, vivre ensemble. Expérimenter la vie quotidienne en commun. Changer notre vie – avant de changer la vie. Miracle : on trouve à louer une petite maison au fond d'une cour, rue du Moulin-Vert, dans le 14e arrondissement. Avec, à trois rues, en guise d'annexe, un petit deux-pièces en rez-de-chaussée, la maison étant trop petite pour loger tout le monde. Pour moi, ça tombe bien : le riche industriel de la rue Lacretelle n'a plus besoin de mes services pour s'occuper de son petit-fils. En conséquence de quoi il me prie aimablement de libérer la chambre de bonne du septième étage. Aussitôt, j'emménage rue du Moulin-Vert. Je viens de décrocher un nouveau boulot : professeur d'audiovisuel dans la banlieue parisienne. Je me trimballe d'une école à l'autre, d'un lycée à l'autre, avec, dans le coffre de ma R8, un énorme magnétoscope à bandes, une énorme caméra vidéo (ce que je vous raconte là, c'est la préhistoire), un projecteur 16 mm et des bobines de films. De la maternelle à la terminale, j'apprends à « déchiffrer les images », comme on dit pompeusement, et à les fabriquer. Projections de films, débats, réalisations en vidéo ou en super 8. C'est un boulot épuisant, de trimballer ce matériel d'une ville de banlieue à l'autre, pour rencontrer chaque fois une classe différente. Mais j'adore ça. J'adore les images. J'adore discuter sur les images. J'adore inventer des images. Avec les enfants de maternelle, en particulier : je leur projette un dessin animé, je les fais dessiner à partir du film, je photographie les dessins pour en faire des diapos. À partir desquelles on invente une histoire, images et sons. De toute façon, ça tombe bien que j'aie un boulot et un salaire, ça fait plus sérieux pour payer le loyer du Moulin-Vert. Les copains, eux, font plutôt dans le genre petits boulots. Comme moi jusqu'ici.

Et mon livre sur Bob Dylan ? Mais non, je ne l'ai pas oublié. Pas plus que je n'ai arrêté d'écouter ses disques. Ni de bassiner tout le monde avec mes élucubrations dylanesques. Eh bien, de ce côté-là, les nouvelles sont bonnes : l'éditeur l'a lu, il l'a aimé, il va le publier. Il est drôlement optimiste, l'éditeur. Parce que s'il y a bien quelqu'un dont personne ne parle, en 1971 (à part moi, bien entendu, qui ne parle que de ça…), c'est Bob Dylan. Après son accident, il a d'abord été porté disparu. Carrément mort. Puis il a sorti des disques aux antipodes de sa période électrique déjantée. Au mieux, on en parle comme d'un traître à la cause, voire un réac. Au pire, on le dit fini, rangé des voitures. Perdu corps et biens. Ci-gît Bob Dylan, dit la rumeur, qui fut poète et chanteur. Bien entendu, dans mon livre, je soutiens le contraire : Dylan n'a pas fini de vous étonner, braves gens ! Il n'en est qu'à ses débuts ! Lisez et vous croirez !

Pendant ce temps-là, j'ai bouclé un recueil de poèmes. Depuis des années, au Canada, à Rome, en Algérie, j'écris, compulsivement, des tonnes de poèmes. Les neuf dixièmes sont bons pour la poubelle. Le reste est narcissique, complaisant, débordant d'effusion. Mais, bon, je les aime, mes poèmes. Et j'ai trouvé un éditeur qui les aime aussi (du moins, c'est ce qu'il dit). Les deux livres, si tout va bien, devraient sortir en même temps. Je me sens euphorique, boulimique. Je roule beaucoup trop vite, au volant de ma R8, sur les routes de banlieue, en chantant à tue-tête *Blowin' in the wind* ou *Mr Tambourine Man.* C'est loin, c'est tellement loin, mon départ de Sainte-Croix, ma solitude dans la chambre du petit vieux, derrière la place Clichy. J'habite au Moulin-Vert avec mes copains, on discute comme des malades jusqu'à des heures insensées en mangeant du riz complet. Et j'ai deux livres qui vont sortir.

Ils sortent en même temps, effectivement. Mon recueil de poèmes, seuls mes copains l'achètent, pour me faire plaisir. Mais mon livre sur Dylan, je n'en reviens pas. Je l'ai écrit tout seul dans mon coin, dans ma petite chambre de la rue

Lacretelle, en gardant le petit-fils de l'industriel. Je ne connais personne, ni dans le monde des médias, ni dans celui de l'édition, je m'en fous complètement. J'ai écrit ce livre parce que j'en avais envie, parce qu'il fallait que ça sorte, parce que je suis un cas grave de pathologie dylanophile. Point final. Et puis voilà qu'un soir, en rentrant d'un lycée de banlieue, le projecteur au bout d'un bras, la caméra au bout de l'autre, je me fais alpaguer par Olivier, au Moulin-Vert : Dis donc, il y a Michel Lancelot qui t'a appelé, c'est urgent, il t'attend à *Campus* ce soir. Michel Lancelot ! *Campus* ! Ce soir ! Je manque lâcher net tout mon barda. *Campus*, en ces années-là, c'est l'émission de tous ceux qui s'intéressent au rock, à la littérature, aux idées, à tout ce qui bouge et fait bouger. C'est notre émission, celle de la contre-culture. Dont Michel Lancelot est le héraut. Bien entendu, je ne le connais pas. Mais mon éditeur, lui, le connaît. Il lui a même demandé d'écrire une préface à mon livre. Lancelot lui a répondu qu'il n'avait jamais écrit de préface et qu'il ne voyait pas pourquoi il commencerait. Et mon éditeur s'est servi de cette lettre comme anti-préface à mon livre… Et voilà que Michel Lancelot m'invite. À *Campus*. Ce soir. Sur Europe 1. Je ne sais même pas où c'est, Europe 1. Je ne sais pas quelle heure il est. Je ne sais plus à quelle heure c'est *Campus*. Ne réfléchis pas, me dit Olivier. Fonce ! Je fonce. Et j'arrive, non seulement à la bonne adresse, mais à la bonne heure. Pile poil. On me fait entrer *illico* dans le studio. Je sue, je suis tout rouge, je tremble. Michel Lancelot s'adresse à moi comme à un expert, comme au spécialiste incontesté de Bob Dylan. J'ai envie de dire que je suis un escroc, un imposteur, que je n'y connais rien, que j'ai écrit ça tout seul dans ma petite chambre, rue Lacretelle, en écoutant les disques sur mon Teppaz, même que l'industriel croyait que c'étaient des chansons espagnoles… Je bafouille, je bégaie, je m'emmêle, je ne sais même pas de quoi je parle. Vous vous rendez compte : je suis en train de parler à *Campus*, en direct, de Bob Dylan ! Après ça, je peux mourir. Enfin, bon, pas tout de suite.

Quelque temps plus tard, deuxième choc. En passant devant un kiosque à journaux, je vois la une du *Monde*. En bas, à droite, sur deux colonnes, ce titre : « Les chemins de Bob Dylan ». Avec renvoi en pages intérieures. « Les chemins de Bob Dylan », c'est le titre de mon livre (pas terrible, comme titre, je le reconnais, mais c'est mon éditeur qui l'a trouvé…). Mon livre est à la une du *Monde* ! Avec un grand article en pages Culture ! Je me jette dessus comme un malade. Pas de doute, c'est bien de moi qu'on parle. Enfin, de Bob Dylan. Et, accessoirement, de moi. De mon livre. J'ai la tête qui tourne. Je reste planté sur le trottoir, comme dans un rêve. *Campus* et *Le Monde*. Cette fois, je peux vraiment mourir…

Rue du Moulin-Vert, on en est en pleine révolution permanente. On a voulu vivre ensemble pour inventer autre chose, une autre façon de penser, d'être en accord avec soi-même, son corps, sa tête, son cœur. Le catholicisme m'apparaît comme une très vieille chose, corsetée par l'institution, ses dogmes, ses règles, sa morale d'obsédés sexuels, ses interdits, ses compromissions, son idéologie de la purification par la souffrance. Et puis tout ce poids de l'Histoire, ce passif, l'Église comme pouvoir temporel, exerçant ce pouvoir par les armes, la coercition, conquérant, convertissant à la pointe de l'épée, massacrant ceux qui résistent. Et l'antisémitisme chrétien, cette tache noire au cœur de l'Église, cette tache indélébile, la haine des Juifs enseignée, propagée par l'Église. Comment peut-elle encore nous parler au nom du Christ des Béatitudes ? Bien sûr, il y a eu Vatican II, ce grand souffle libérateur. Mais l'institution est trop forte. Le poids des dogmes est trop fort. Toute cette théologie autour d'un Dieu qu'il faut implorer, supplier, pour qu'il prenne pitié de nous, cette mythologie du sacrifice, qu'est-ce que ça veut dire ? Quand la messe était en latin, on chantait, je m'en souviens encore, pendant le chemin de croix, une supplique qui disait : *« Parce, Domine, parce populo tuo. Ne in æternum irascaris nobis… »* Épargne, Seigneur, épargne ton peuple. Ne sois pas en colère contre nous jusqu'à la fin des temps. Et on le chantait ! À genoux, tous en chœur ! Aujourd'hui encore, la messe est pleine de ces appels à la pitié de Dieu, comme s'il fallait le supplier d'écarter son bras vengeur… On répète ces « prends pitié », on radote, on ne sait même plus ce que ça veut dire, on serine les mêmes paroles cryptées, comme une litanie sans queue ni tête, une formule magique. L'Église d'après le concile, l'Église moderne, a elle aussi inventé ses formules gris-gris, son vocabulaire passe-partout, que je ne peux plus entendre sans avoir envie de boxer. Les rituels, les formules, je ne peux plus, je ne veux plus. Et ce carnaval des assemblées d'évêques, à Rome ou ailleurs, avec leurs mitres, leurs crosses, tous leurs falbalas. Sans parler du pape, avec ses gardes empanachés, ses courtisans, ses diplomates, son cinéma sur la place Saint-Pierre en mondovision. Quel rapport avec Jésus, avec la pauvreté, la simplicité de Jésus ? Qu'elle meure, l'Église, cette Église-là. C'est la meilleure chose qui puisse lui arriver.

Au Moulin-Vert, on a envie, on a besoin de sortir de cette histoire, de se frotter à d'autres visions du monde, à d'autres pratiques. On passe des heures à débattre de nos croyances, de nos idées, aussi bien en matière alimentaire (on est riz complet à mort) que philosophique et spirituelle. Ces années-là sont celles d'une redécouverte du corps, de nouvelles techniques de méditation, de concentration. Ces années-là sont celles de l'appel de l'Orient. Quelques-uns d'entre nous décident de faire le voyage en Inde. Ils passeront plusieurs mois dans un ashram, y découvriront la paix de l'âme. Reviendront transformés, métamorphosés. Moi, ma découverte, c'est le bouddhisme zen. J'y arrive par le haïku, cette poésie de l'instantané, cette fulgurance qui capture en quelques mots l'être intime du monde, l'intime de nos vies. Se laisser happer, envahir par la pulsation des êtres, des choses, de la vie. Le côté institutionnel du bouddhisme, les monastères, les règles, les différentes écoles, me laisse totalement indifférent. J'aime une espèce de bouddhisme sauvage, celui des primitifs, des moines fous du Moyen Age, habités d'un formidable humour aux confins de l'absurde, princes du haïku parfait, aussi beau, aussi définitif qu'une énigme résolue – qui reste une énigme. J'aime aussi ce texte d'un philosophe allemand, parti jusqu'au Japon se frotter à la pensée bouddhiste zen. Comme il fait part de son désir de s'instruire, on lui répond qu'il n'y parviendra qu'en pratiquant un art traditionnel du zen. Il choisit le tir à l'arc. Et passe des années, sous la conduite d'un maître, à oublier la cible, à ne plus penser à viser, à renoncer à tout résultat pour être lui-même la flèche, le geste et le mouvement. Son petit livre, *Le Zen dans l'art chevaleresque du tir à l'arc*, sera ces années-là ma bible de poche. C'est ce même bonheur du zen que je retrouve chez Kerouac, chez Ginsberg, chez leur ami le poète Gary Snyder, qui vit lui-même au Japon. Le zen n'est pas une religion. C'est une philosophie pratique. Un accord avec soi-même et le monde. Faire le vide en soi pour recevoir le monde.

Pour autant, je ne me définis pas, je ne me définirai jamais comme bouddhiste. Je prends dans le bouddhisme ce qui m'aide à vivre, à être plus heureux. Ou moins malheureux. Mais je laisse aux bouddhistes, aux vrais bouddhistes, le soin de dire ce que c'est, le bouddhisme. Je m'en sens en réalité beaucoup trop loin. Pour être franc, la vogue actuelle du bouddhisme tibétain, avec la canonisation du dalaï-lama, me donne même des boutons. La vérité, c'est que je suis totalement, incurablement, judéo-chrétien. J'ai trop lu la Bible, je m'y sens trop bien. Le bouddhisme veut supprimer la souffrance. Mais, dans ma vision du monde, on ne supprime pas la souffrance. La Bible est tragique, horrible. Et pleine d'espoir, de chants d'espoir et de prières d'espoir. Je me sens juif, pleinement juif, à travers l'histoire de ce peuple s'interrogeant sans cesse sur le sens de l'homme, face à ce Dieu mystérieux, dont on ne sait rien, que nul n'a vu. Je me sens chrétien, pleinement chrétien, parce que Dieu, dans le christianisme, est devenu homme, l'un d'entre nous. Et qu'il est mort, comme tous les hommes. J'aime que Dieu soit un homme jusque dans la mort. J'aime ce mystère de la souffrance et de la mort de Dieu fait homme, assumant jusqu'au bout le destin des hommes. La vie est tragique parce qu'il y a la mort. Et Dieu s'est fait homme pour mourir avec nous.

Arrêtons là le sermon. Et revenons rue du Moulin-Vert. Ce qui se passe, c'est que le bruit finit par se répandre de l'existence de notre communauté. Des communautés babas cool en pleine cambrousse, en pleine montagne, ça ne manque pas. Les journaux, les magazines y consacrent des pages et des pages, sur le mode complice ou ironique, voire alarmiste (la fin de la civilisation !). Des communautés en plein Paris, c'est déjà plus rare. Surtout dans le genre de la nôtre, qui marie gauchisme, critique de la société pompidolienne et marchande, et recherche philosophique et spirituelle. Un journaliste de *Paris-Match* frappe un jour à notre porte. Il flaire le bon sujet : « A Paris aussi… » On le met poliment mais fermement dehors. On accueille par contre sans problème tous ceux qui, ayant entendu parler de nous, viennent nous demander asile, pour une période plus ou moins longue. On hébergera ainsi, au fil des mois, des personnalités hautes en couleur, avec qui la cohabitation se passera plus ou moins bien. Ainsi ce couple venu de Lozère, avec un bébé de quelques mois, végétarien et bio tendance dure. Nous, on est peut-être riz complet à mort, mais ça ne nous empêche pas d'aimer le bon vin et la bonne viande. *Vade retro satanas !* protestent les deux macrobios de choc. Ils refusent de promener leur bébé dans les rues de Paris, de peur qu'il attrape les méchants microbes de la méchante ville. Qu'est-ce qu'on a été patients, qu'est-ce qu'on a été gentils ! Il y a aussi cet insoumis, recherché par la gendarmerie, qui a passé plusieurs années en Suède et qui s'installe chez nous, sans trop nous demander notre avis. Il trouve ça normal, de dormir et de manger chez nous. Ce qu'on ne trouvera pas normal, nous, c'est qu'il s'en aille un beau jour en volant tout l'argent qui traîne... Peu de temps après, on aura de ses nouvelles par les journaux : il s'est enchaîné en haut d'un clocher pour attirer l'attention sur l'injustice faite aux insoumis.

Mais dans ce va-et-vient reste le groupe de base, les sept ou huit de Saint-Sulpice et assimilés. Quand les voyageurs de l'Inde partent vers leur ashram, on coopte de nouveaux membres, des amis ou des amis d'amis. Yves, par exemple. Financièrement, c'est un peu acrobatique. Mais comme expérience, c'est plutôt décoiffant. On passe des heures à palabrer, assis par terre dans la grande pièce du bas, à discuter jusqu'aux aurores. Du PSU et des haïkus, de la libération de la femme et de notre coopérative de nourriture biologique, de l'Évangile et du jeune cinéma américain, de l'art du thé dans le zen et des droits des immigrés. Et, bien entendu, de Bob Dylan. Le matin, je pars au boulot dans ma R8, avec mon magnétoscope, ma caméra et mon projecteur. Il y a des jours où je conduis au radar. Où je patine, d'une classe à l'autre, dans mes analyses de films. Où je me mélange dans mes projections. C'est passionnant, la vie en communauté. Mais c'est fatiguant, aussi. Passionnant et fatiguant.

Et puis ma mère, malade, se fait opérer. Une opération de rien du tout, dit-elle. Un petit ulcère à l'estomac. En réalité, nous disent les médecins, qui lui cachent la vérité : un cancer généralisé. Plus que quelques mois à vivre. Ma mère va mourir. Tout cela, je l'ai déjà dit, je l'ai déjà écrit. Je ne veux pas y revenir. Je garde en moi ces mots échangés avec ma mère, la veille de sa mort. Je garde son amour de la vie, son amour du bonheur. Et l'horreur de la mort. De toute mort. Je ne veux rien dire de plus. Sinon que je sais qu'avec la mort de ma mère quelque chose est fini. La jeunesse. Ma jeunesse. On vend la maison, à Trans. La famille n'est plus la même. Ce temps-là, le temps où nous étions de Trans, est fini. Mon père est mort, ma mère est morte, la maison est vendue. Je passe, moi aussi, d'un temps à un autre. Je ne suis plus de Trans, je ne suis plus de Sainte-Croix. Et je quitte le Moulin-

Vert. Chacun, rue du Moulin-Vert, en son heure, en son temps, finit par s'en aller. Le travail est fait, à l'intérieur de soi. Il y a d'autres urgences, d'autres envies. C'est à moi, maintenant, de faire ma vie. Avec Anne, que j'aime et qui m'aime. Voilà, un jeune homme est passé, qui rêvait du bonheur. Qui voulait rester vivant. En vie. Et maintenant, vite, vite. La vie est en avant.

Un jour, j'ai rencontré Dylan. C'était en 1978, à l'occasion d'une série de concerts à Paris. C'était la première fois que je le voyais sur scène. Je n'ai manqué aucun de ses concerts, cette semaine-là (et j'en ai bien peu manqué depuis, pour le meilleur et pour le pire...). J'avais appris dans quel hôtel il séjournait. J'ai déposé mon livre à la réception, à son intention, avec une lettre qui disait : Voilà, j'ai écrit ce livre ; si vous souhaitez me rencontrer, téléphonez-moi. Oui, c'est ce que j'ai écrit. Le lendemain matin, j'ai reçu un coup de téléphone de son imprésario : Dylan vous attend ce soir, dans sa loge, après le concert. Voilà. Et Dylan, soudain, est apparu, caché derrière ses lunettes noires. Il m'a dit, avec un grand sourire, combien il était heureux de me voir. Et moi, bafouillant, comme au micro de Michel Lancelot, à *Campus* : mais non, c'est moi qui... c'est moi que... On a parlé pendant une heure. De ses chansons. De la vie et de la mort. De serpents, aussi, je m'en souviens. Du rôle des serpents dans les rêves. Une heure avec Dylan, ce petit homme électrique et souriant, derrière ses lunettes noires. Dehors, dans la nuit, porte de Pantin, je tremblais et je riais tout seul. Je venais de rencontrer le plus grand poète américain vivant. Je venais de discuter avec Bob Dylan. Garde bien tout cela au fond de ton cœur. Et souviens-toi de la rue Lacretelle.

A l'un des concerts de Dylan, cette semaine-là, il y avait Agnès. Ma sœur Agnès, malade depuis des années, allant d'instants de répit, de plus en plus rares, en séjours en hôpital psychiatrique. Agnès aussi aimait Dylan. Par ma faute, bien entendu. Elle avait voulu venir tout exprès de la clinique où elle était alors, près de Rennes, pour assister à l'un de ses concerts. Elle est venue en train, accompagnée par une autre malade, une amie de la clinique. C'était une idée folle, de quitter la clinique et de venir à Paris, en train, pour voir chanter Dylan. Ce fut peut-être l'un de ses derniers bonheurs. Le lendemain, je l'ai raccompagnée à la gare, avec son amie. Elle souriait, elle me remerciait. C'est l'une des dernières fois où je l'ai vue. Où j'ai vraiment parlé avec elle. Même peu, même mal. L'année d'après, elle s'est suicidée. Alors, quand je pense à Dylan, je pense à Agnès. À sa joie. Et à sa mort. J'écoute *It's all over now Baby Blue.* Et je pleure.

Je remets toutes les lettres dans l'enveloppe de papier kraft. Les lettres écrites par mon père au Maroc, ce jeune homme de vingt et un ans si loin de chez lui, de la ferme familiale. Je n'ai connu qu'un père absent, qui buvait, dont le retour, chaque soir, déclenchait la guerre à la maison. On me dit que je lui ressemble, physiquement. Des gens qui l'ont bien connu, des amis, des parents, me regardent et me disent que je lui ressemble. Ce sont des gens qui ont lu mon livre précédent, où je racontais mon enfance, ma famille, mon père et ma mère, et que je rencontre grâce à ce livre. Ils l'ont lu, ils veulent m'en parler. Ils veulent me parler de mon père. Ils me disent : Ah, si tu l'avais connu, quand il était jeune ! Il était drôle, ardent, batailleur, me disent-ils. Il militait dans le syndicalisme agricole. Il avait plein d'idées en politique. C'est d'ailleurs à l'occasion d'une réunion politique, m'apprendra ma sœur Madeleine, qu'il a rencontré Angèle, ma mère. Dans une petite librairie, à Combourg, tout près de là où sont nés mon père et ma mère, ils sont venus par dizaines, ceux de Trans et d'ailleurs, me parler de mes parents. Le tout premier, dans la file, me montre mon livre ouvert avec le doigt posé dessus. Tu ne me reconnais pas, mais tu parles de moi ici, à cette page-là. Tiens, ici, regarde. Oui, je parle de lui. Guy Rondin, le forgeron de Trans. Le livre tremble dans sa main. Il pleure. Je ne l'ai pas revu depuis plus de trente ans, lui et tous ceux qui sont là, dans cette minuscule librairie. Mme Blin la bouchère. M. et Mme Voisin, les épiciers. Et tous les autres. Jusqu'à mes anciens camarades d'école, qui m'ont amené la photo de classe, quand on avait huit ou dix ans. Ils ont tous tellement de choses à me dire, à me raconter. Depuis le temps… Tu as été sévère avec ton père, me disent ceux qui l'ont bien connu, qui l'ont aimé. Si tu savais… Oui, si je savais. Ils me regardent. Me répètent : tu lui ressembles. Je les écoute, j'essaie de prendre le temps de tous les écouter, les uns après les autres, et les mots ont du mal à sortir de ma gorge. J'ai manqué mon père. Je ne l'ai pas connu comme eux l'ont connu. Et voici que je me dis, soudain, qu'il devait m'aimer. Oui, mon père a dû m'aimer. Et cette pensée, au milieu d'eux tous, m'emplit d'une grande paix.

A Combourg, dans cette petite librairie, il y avait aussi les nouveaux propriétaires de notre maison, à Trans. Deux Anglais, installés à demeure. Ils m'ont proposé, très gentiment, de revoir la maison, si je le souhaitais. Non, je n'ai pas envie de revoir la maison, notre maison. Je ne peux pas. Je vais me brûler, si j'y entre. Trop de souvenirs. Trop de bonheur. Trop de morts. J'y suis pourtant retourné, à Trans. J'ai regardé la maison du trottoir d'en face, rapidement, furtivement, comme un voleur. Vite, vite. Regarde, mais ne t'attarde pas. Au carrefour, de l'autre côté de la rue, il y avait, penchée à sa fenêtre, Mlle Poincheval. J'ai eu comme une violente sensation de retour en arrière. J'ai l'impression d'avoir toujours vu, dans mon enfance, Mlle Poincheval penchée à sa fenêtre, elle ou sa sœur. Je me suis approché. Et nous avons commencé à discuter. Comme si nous venions tout juste de nous quitter. Comme si nous reprenions une conversation brièvement interrompue. Plus de trente ans. Et Mlle Poincheval est à sa fenêtre. Elle me dit : Au fait, est-ce que tu sais que c'est nous qui avons acheté votre cour ? Si tu veux, je prends la clé, je t'y fais entrer. Revenir dans la cour. Revoir la cour. J'ai le cœur qui bat à cent à l'heure. La cour des jeux, des poules et des lapins. La cour des milliards d'heures de bonheur. Vite, il faut que je réponde. Qu'est-ce que je risque? D'accord, je lui dis, on y va. Le bruit de la clé dans la serrure. La porte qui s'ouvre. Voilà, j'y suis. Je suis accueilli par nos rires d'enfants, le doux bruit de nos conversations d'enfants, je suis comme pétrifié sur le seuil de la cour en entendant ces rires, ces bavardages d'autrefois, je suis éclaboussé du soleil des étés, des vacances, c'est trop fort, trop intense, il faut que j'avance, que je fasse quelque chose, que je dise quelque chose. C'est Mlle Poincheval qui parle, elle veut me montrer comment elle a réuni son jardin à notre cour, ce qui lui fait un grand jardin, avec ses poules et ses lapins à elle. J'essaie de sourire, d'acquiescer à sa bonne idée. Mais je revois tout, en un éclair. Nos jeux dans la poussière, dans le soleil. La voix de ma mère. Il faut sortir d'ici, vite. Merci, mademoiselle Poincheval. Vraiment. Et à bientôt, sûrement.

Quelques mois plus tard, je suis à Mortain, là où je suis né, juste après la guerre. Mortain et la petite maison des Aubrils, une seule pièce pour loger toute la famille, au milieu d'un champ, en bordure de la forêt. Mortain presque totalement détruit, en août 44, la famille prise entre deux feux, sauvée par miracle, obligée de partir à pied en Bretagne, à Combourg, à Meillac. À Mortain, mon parrain me confie une grande photo en noir et blanc, un groupe d'hommes et d'enfants en tenue de gymnaste, le béret sur la tête, assis en rangs. C'est l'Étendard, l'association sportive et musicale (et catholique) de Mortain. La photo date de 1941. Mon père est tout en haut, au dernier rang. Il a trente-deux ans. À l'Étendard, il joue du clairon. À Trans, des années plus tard, au temps de la guerre entre mes parents, on retrouvera le clairon dans le grenier, nous les enfants. Mais je n'ai jamais vu mon père en jouer. Tu le reconnais ? me demande mon parrain. Oui, je le reconnais. Oui, je lui ressemble. Très catholique et très à droite, à l'époque, mon père. Et jusqu'à sa mort, à l'âge de cinquante-trois ans. Tu vois, dis-je à la photo. On change. On peut changer. Je te ressemble, oui. Mais en même temps je suis tellement loin de ton monde. Tellement loin.

Avec mon parrain, chez qui j'allais en vacances, enfant, à Mortain, nous allons aux Aubrils. Je sais que la petite maison n'existe plus, qu'elle a été rasée. Mais je veux voir sa trace. Son souvenir. Mon parrain arrête la voiture près d'une ferme, qui fut la ferme de ses beaux-parents. Où je venais jouer, dans les années cinquante. De l'autre côté de la route, un champ, à la lisière de la forêt. C'est là. C'était là. Nous sortons de la voiture. Il pleut. Une petite pluie fine, douce et tiède. Nous franchissons le talus, les pieds dans l'herbe mouillée. Au moment précis où nous arrivons dans le champ, deux biches surgissent de la forêt, s'arrêtent un court instant, là où était la maison, exactement là où elle était. Elles nous regardent, tremblantes, frémissantes. Puis elles s'enfuient, là-bas, dans la pluie. Courez, courez. La vie est en avant.

Du même auteur

D'amour et de nuit
Éditions de la Grisière, 1971

Les Chemins de Bob Dylan
Éditions de l'épi, 1971

Aube-Mer
Éditions Saint-Germain-des-Prés, 1973

Yves Montand
Éditions Henri Veyrier, 1977

Mon œil. Chroniques
cyclothymiques d'un zappeur professionnel
Éditions Syros Alternatives, 1989

Les Mémoires de Mon œil
Éditions du Seuil, 1993

Je ne vous ai pas interrompu !
Éditions du Seuil, 1994

Les Images
Éditions du Seuil, 1997
et « Points » n° P1220

Comme une chanson dans la nuit
Éditions du Seuil, 2003

A-t-on encore besoin d'une religion ?
(avec André Comte-Sponville et Bernard Feillet)
Les Éditions de l'Atelier, « Questions de vie », 2003

Dernières nouvelles de Mon œil : chroniques
Éditions du Seuil, 2003

L'Élève au cœur
(entretiens avec Marie-France Santoni-Borne)
Éditions du Seuil, « L'épreuve des faits », 2004

Lisez attentivement la notice.
Petites chroniques de la vie quotidienne
(préface de Bruno Frappat)
Éditions Bayard / La Croix, 2005

Je marche au bras du temps
récit
Éditions du Seuil, 2006

COMPOSITION : PAO EDITIONS DU SEUIL

GROUPE CPI

Achevé d'imprimer en janvier 2007
par **BUSSIÈRE**
à Saint-Amand-Montrond (Cher)
N° d'édition : 91976. - N° d'impression : 62509.
Dépôt légal : février 2007.
Imprimé en France

Collection Points

DERNIERS TITRES PARUS

P1014. Des lézards dans le ravin, *Juan Marsé*
P1015. Besoin de vélo, *Paul Fournel*
P1016. La Liste noire, *Alexandra Marinina*
P1017. La Longue Nuit du sans-sommeil, *Lawrence Block*
P1018. Perdre, *Pierre Mertens*
P1019. Les Exclus, *Elfriede Jelinek*
P1020. Putain, *Nelly Arcan*
P1021. La Route de Midland, *Arnaud Cathrine*
P1022. Le Fil de soie, *Michèle Gazier*
P1023. Paysages originels, *Olivier Rolin*
P1024. La Constance du jardinier, *John le Carré*
P1025. Ainsi vivent les morts, *Will Self*
P1026. Doux Carnage, *Toby Litt*
P1027. Le Principe d'humanité, *Jean-Claude Guillebaud*
P1028. Bleu, histoire d'une couleur, *Michel Pastoureau*
P1029. Speedway, *Philippe Thirault*
P1030. Les Os de Jupiter, *Faye Kellerman*
P1031. La Course au mouton sauvage, *Haruki Murakami*
P1032. Les Sept Plumes de l'aigle, *Henri Gougaud*
P1033. Arthur, *Michel Rio*
P1034. Hémisphère Nord, *Patrick Roegiers*
P1035. Disgrâce, *J.M. Coetzee*
P1036. L'Âge de fer, *J.M. Coetzee*
P1037. Les Sombres Feux du passé, *Chang-rae Lee*
P1038. Les Voix de la liberté, *Michel Winock*
P1039. Nucléaire Chaos, *Stéphanie Benson*
P1040. Bienheureux ceux qui ont soif…, *Anne Holt*
P1041. Le Marin à l'ancre, *Bernard Giraudeau*
P1042. L'Oiseau des ténèbres, *Michael Connelly*
P1043. Les Enfants des rues étroites, *Abdelhak Sehrane*
P1044. L'Île et Une nuit, *Daniel Maximin*
P1045. Bouquiner, *Annie François*
P1046. Nat Tate, *William Boyd*
P1047. Le Grand Roman indien, *Shashi Tharoor*
P1048. Les Lettres mauves, *Lawrence Block*
P1049. L'Imprécateur, *René-Victor Pilhes*
P1050. Le Stade de Wimbledon, *Daniele Del Giudice*
P1051. La Deuxième Gauche, *Hervé Hamon et Patrick Rotman*
P1052. La Tête en bas, *Noëlle Châtelet*
P1053. Le Jour de la cavalerie, *Hubert Mingarelli*
P1054. Le Violon noir, *Maxence Fermine*
P1055. Vita Brevis, *Jostein Gaarder*

P1056. Le Retour des caravelles, *António Lobo Antunes*
P1057. L'Enquête, *Juan José Saer*
P1058. Pierre Mendès France, *Jean Lacouture*
P1059. Le Mètre du monde, *Denis Guedj*
P1060. Mort d'une héroïne rouge, *Qiu Xiaolong*
P1061. Angle mort, *Sara Paretsky*
P1062. La Chambre d'écho, *Régine Detambel*
P1063. Madame Seyerling, *Didier Decoin*
P1064. L'Atlantique et les Amants, *Patrick Grainville*
P1065. Le Voyageur, *Alain Robbe-Grillet*
P1066. Le Chagrin des Belges, *Hugo Claus*
P1067. La Ballade de l'impossible, *Haruki Murakami*
P1068. Minoritaires, *Gérard Miller*
P1069. La Reine scélérate, *Chantal Thomas*
P1070. Trompe la mort, *Lawrence Block*
P1071. V'là aut' chose, *Nancy Star*
P1072. Jusqu'au dernier, *Deon Meyer*
P1073. Le Rire de l'ange, *Henri Gougaud*
P1074. L'Homme sans fusil, *Ysabelle Lacamp*
P1075. Le Théoriste, *Yves Pagès*
P1076. L'Artiste des dames, *Eduardo Mendoza*
P1077. Les Turbans de Venise, *Nedim Gürsel*
P1078. Zayni Barakat, *Ghamal Ghitany*
P1079. Éloge de l'amitié, ombre de la trahison
Tahar Ben Jelloun
P1080. La Nostalgie du possible. Sur Pessoa
Antonio Tabucchi
P1081. La Muraille invisible, *Henning Mankell*
P1082. Ad vitam aeternam, *Thierry Jonquet*
P1083. Six Mois au fond d'un bureau, *Laurent Laurent*
P1084. L'Ami du défunt, *Andreï Kourkov*
P1085. Aventures dans la France gourmande, *Peter Mayle*
P1086. Les Profanateurs, *Michael Collins*
P1087. L'Homme de ma vie, *Manuel Vázquez Montalbán*
P1088. Wonderland Avenue, *Michael Connelly*
P1089. L'Affaire Paola, *Donna Leon*
P1090. Nous n'irons plus au bal, *Michelle Spring*
P1091. Les Comptoirs du Sud, *Philippe Doumenc*
P1092. Foraine, *Paul Fournel*
P1093. Mère agitée, *Nathalie Azoulay*
P1094. Amanscale, *Maryline Desbiolles*
P1095. La Quatrième Main, *John Irving*
P1096. La Vie devant ses yeux, *Laura Kasischke*
P1097. Foe, *J.M. Coetzee*
P1098. Les Dix Commandements, *Marc-Alain Ouaknin*
P1099. Errance, *Raymond Depardon*
P1100. Dr la Mort, *Jonathan Kellerman*

P1101. Tatouage à la fraise, *Lauren Henderson*
P1102. La Frontière, *Patrick Bard*
P1103. La Naissance d'une famille, *T. Berry Brazelton*
P1104. Une mort secrète, *Richard Ford*
P1105. Blanc comme neige, *George P. Pelecanos*
P1106. Jours tranquilles à Belleville, *Thierry Jonquet*
P1107. Amants, *Catherine Guillebaud*
P1108. L'Or du roi, *Arturo Pérez-Reverte*
P1109. La Peau d'un lion, *Michael Ondaatje*
P1110. Funérarium, *Brigitte Aubert*
P1111. Requiem pour une ombre, *Andrew Klavan*
P1113. Tigre en papier, *Olivier Rolin*
P1114. Le Café Zimmermann, *Catherine Lépront*
P1115. Le Soir du chien, *Marie-Hélène Lafon*
P1116. Hamlet, pan, pan, pan, *Christophe Nicolas*
P1117. La Caverne, *José Saramago*
P1118. Un ami parfait, *Martin Suter*
P1119. Chang et Eng le double-garçon, *Darin Strauss*
P1120. Les Amantes, *Elfriede Jelinek*
P1121. L'Étoffe du diable, *Michel Pastoureau*
P1122. Meurtriers sans visage, *Henning Mankell*
P1123. Taxis noirs, *John McLaren*
P1124. La Revanche de Dieu, *Gilles Kepel*
P1125. À ton image, *Louise L. Lambrichs*
P1126. Les Corrections, *Jonathan Franzen*
P1127. Les Abeilles et la Guêpe, *François Maspero*
P1128. Les Adieux à la Reine, *Chantal Thomas*
P1129. Dondog, *Antoine Volodine*
P1130. La Maison Russie, *John le Carré*
P1131. Livre de chroniques, *António Lobo Antunes*
P1132. L'Europe en première ligne, *Pascal Lamy*
P1133. Les Nouveaux Maîtres du monde, *Jean Ziegler*
P1134. Tous des rats, *Barbara Seranella*
P1135. Des morts à la criée, *Ed Dee*
P1136. Allons voir plus loin, veux-tu ?, *Anny Duperey*
P1137. Les Papas et les Mamans, *Diastème*
P1138. Phantasia, *Abdelwahab Meddeb*
P1139. Métaphysique du chien, *Philippe Ségur*
P1140. Mosaïque, *Claude Delarue*
P1141. Dormir accompagné, *António Lobo Antunes*
P1142. Un monde ailleurs, *Stewart O'Nan*
P1143. Rocks Springs, *Richard Ford*
P1144. L'Ami de Vincent, *Jean-Marc Roberts*
P1145. La Fascination de l'étang, *Virginia Woolf*
P1146. Ne te retourne pas, *Karin Fossum*
P1147. Dragons, *Marie Desplechin*
P1148. La Médaille, *Lydie Salvayre*

P1149. Les Beaux Bruns, *Patrick Gourvennec*
P1150. Poids léger, *Olivier Adam*
P1151. Les Trapézistes et le Rat, *Alain Fleischer*
P1152. À livre ouvert, *William Boyd*
P1153. Péchés innombrables, *Richard Ford*
P1154. Une situation difficile, *Richard Ford*
P1155. L'éléphant s'évapore, *Haruki Murakami*
P1156. Un amour dangereux, *Ben Okri*
P1157. Le Siècle des communismes, *ouvrage collectif*
P1158. Funky Guns, *George P. Pelecanos*
P1159. Les Soldats de l'aube, *Deon Meyer*
P1160. Le Figuier, *François Maspero*
P1161. Les Passagers du Roissy-Express, *François Maspero*
P1162. Visa pour Shanghai, *Qiu Xiaolong*
P1163. Des dahlias rouge et mauve, *Frédéric Vitoux*
P1164. Il était une fois un vieux couple heureux *Mohammed Khaïr-Eddine*
P1165. Toilette de chat, *Jean-Marc Roberts*
P1166. Catalina, *Florence Delay*
P1167. Nid d'hommes, *Lu Wenfu*
P1168. La Longue Attente, *Ha Jin*
P1169. Pour l'amour de Judith, *Meir Shalev*
P1170. L'Appel du couchant, *Gamal Ghitany*
P1171. Lettres de Drancy
P1172. Quand les parents se séparent, *Françoise Dolto*
P1173. Amours sorcières, *Tahar Ben Jelloun*
P1174. Sale Temps, *Sara Paretsky*
P1175. L'Ange du Bronx, *Ed Dee*
P1176. La Maison du désir, *France Huser*
P1177. Cytomégalovirus, *Hervé Guibert*
P1178. Les Treize Pas, *Mo Yan*
P1179. Le Pays de l'alcool, *Mo Yan*
P1180. Le Principe de Frédelle, *Agnès Desarthe*
P1181. Les Gauchers, *Yves Pagès*
P1182. Rimbaud en Abyssinie, *Alain Borer*
P1183. Tout est illuminé, *Jonathan Safran Foer*
P1184. L'Enfant zigzag, *David Grossman*
P1185. La Pierre de Rosette, *Robert Solé et Dominique Valbelle*
P1186. Le Maître de Pétersbourg, *J.M. Coetzee*
P1187. Les Chiens de Riga, *Henning Mankell*
P1188. Le Tueur, *Eraldo Baldini*
P1189. Un silence de fer, *Marcello Fois*
P1190. La Filière du jasmin, *Denise Hamilton*
P1191. Déportée en Sibérie, *Margarete Buber-Neumann*
P1192. Les Mystères de Buenos Aires, *Manuel Puig*
P1193. La Mort de la phalène, *Virginia Woolf*
P1194. Sionoco, *Leon de Winter*

P1243. Abattoir 5, *Kurt Vonnegut*
P1244. Catalogue des idées reçues sur la langue *Marina Yaguello*
P1245. Tout se paye, *George P. Pelecanos*
P1246. Autoportrait à l'ouvre-boîte, *Philippe Ségur*
P1247. Tout s'avale, *Hubert Michel*
P1248. Quand on aime son bourreau, *Jim Lewis*
P1249. Tempête de glace, *Rick Moody*
P1250. Dernières Nouvelles du bourbier, *Alexandre Ikonnikov*
P1251. Le Rameau brisé, *Jonathan Kellerman*
P1252. Passage à l'ennemie, *Lydie Salvayre*
P1253. Une saison de machettes, *Jean Hatzfeld*
P1254. Le Goût de l'avenir, *Jean-Claude Guillebaud*
P1255. L'Étoile d'Alger, *Aziz Chouaki*
P1256. Cartel en tête, *John McLaren*
P1257. Sans penser à mal, *Barbara Seranella*
P1258. Tsili, *Aharon Appelfeld*
P1259. Le Temps des prodiges, *Aharon Appelfeld*
P1260. Ruines-de-Rome, *Pierre Sengès*
P1261. La Beauté des loutres, *Hubert Mingarelli*
P1262. La Fin de tout, *Jay McInerney*
P1263. Jeanne et les siens, *Michel Winock*
P1264. Les Chats mots, *Anny Duperey*
P1265. Quand j'avais cinq ans, je m'ai tué, *Howard Buten*
P1266. Vers l'âge d'homme, *J.M. Coetzee*
P1267. L'Invention de Paris, *Eric Hazan*
P1268. Chroniques de l'oiseau à ressort, *Haruki Murakami*
P1269. En crabe, *Günter Grass*
P1270. Mon père, ce harki, *Dalila Kerchouche*
P1271. Lumière morte, *Michael Connelly*
P1272. Détonations rapprochées, *C.J. Box*
P1273. Lorsque la nature parlait aux Égyptiens *Christiane Desroches Noblecourt*
P1274. Les réquisitoires du Tribunal des Flagrants Délires 1 *Pierre Desproges*
P1275. Les réquisitoires du Le Tribunal des Flagrants Délires 2 *Pierre Desproges*
P1276. Un amant naïf et sentimental, *John le Carré*
P1277. Fragiles, *Philippe Delerm et Martine Delerm*
P1278. La Chambre blanche, *Christine Jordis*
P1279. Adieu la vie, adieu l'amour, *Juan Marsé*
P1280. N'entre pas si vite dans cette nuit noire *António Lobo Antunes*
P1281. L'Évangile selon saint Loubard, *Guy Gilbert*
P1282. La femme qui attendait, *Andreï Makine*
P1283. Les Candidats, *Yun Sun Limet*
P1284. Petit Traité de désinvolture, *Denis Grozdanovitch*

P1285. Personne, *Linda Lê*
P1286. Sur la photo, *Marie-Hélène Lafon*
P1287. Le Mal du pays, *Patrick Roegiers*
P1288. Politique, *Adam Thirlwell*
P1289. Érec et Énide, *Manuel Vázquez Montalbán*
P1290. La Dormeuse de Naples, *Adrien Goetz*
P1291. Le croque-mort a la vie dure, *Tim Cockey*
P1292. Pretty Boy, *Lauren Henderson*
P1293. La Vie sexuelle en France, *Janine Mossuz-Lavau*
P1294. Souvenirs obscurs d'un Juif polonais né en France
Pierre Goldman
P1295. Dans l'alcool, *Thierry Vimal*
P1296. Le Monument, *Claude Duneton*
P1297. Mon nerf, *Rachid Djaïdani*
P1298. Plutôt mourir, *Marcello Fois*
P1299. Les pingouins n'ont jamais froid, *Andreï Kourkov*
P1300. La Mitrailleuse d'argile, *Viktor Pelevine*
P1301. Un été à Baden-Baden, *Leonid Tsypkin*
P1302. Hasard des maux, *Kate Jennings*
P1303. Le Temps des erreurs, *Mohammed Choukri*
P1304. Boumkœur, *Rachid Djaïdani*
P1305. Vodka-Cola, *Irina Denejkina*
P1306. La Lionne blanche, *Henning Mankell*
P1307. Le Styliste, *Alexandra Marinina*
P1308. Pas d'erreur sur la personne, *Ed Dee*
P1309. Le Casseur, *Walter Mosley*
P1310. Le Dernier Ami, *Tahar Ben Jelloun*
P1311. La Joie d'Aurélie, *Patrick Grainville*
P1312. L'Aîné des orphelins, *Tierno Monénembo*
P1313. Le Marteau pique-cœur, *Azouz Begag*
P1314. Les Âmes perdues, *Michael Collins*
P1315. Écrits fantômes, *David Mitchell*
P1316. Le Nageur, *Zsuzsa Bánk*
P1317. Quelqu'un avec qui courir, *David Grossman*
P1318. L'Attrapeur d'ombres, *Patrick Bard*
P1319. Venin, *Saneh Sangsuk*
P1320. Le Gone du Chaâba, *Azouz Begag*
P1321. Béni ou le paradis privé, *Azouz Begag*
P1322. Mésaventures du Paradis
Erik Orsenna et Bernard Matussière
P1323. L'Âme au poing, *Patrick Rotman*
P1324. Comedia Infantil, *Henning Mankell*
P1325. Niagara, *Jane Urquhart*
P1326. Une amitié absolue, *John le Carré*
P1327. Le Fils du vent, *Henning Mankell*
P1328. Le Témoin du mensonge, *Mylène Dressler*
P1329. Pelle le Conquérant 1, *Martin Andersen Nexø*

P1330. Pelle le Conquérant 2, *Martin Andersen Nexø*
P1331. Mortes-Eaux, *Donna Leon*
P1332. Déviances mortelles, *Chris Mooney*
P1333. Les Naufragés du Batavia, *Simon Leys*
P1334. L'Amandière, *Simonetta Agnello Hornby*
P1335. C'est en hiver que les jours rallongent, *Joseph Bialot*
P1336. Cours sur la rive sauvage, *Mohammed Dib*
P1337. Hommes sans mère, *Hubert Mingarelli*
P1338. Reproduction non autorisée, *Marc Vilrouge*
P1339. S.O.S., *Joseph Connolly*
P1340. Sous la peau, *Michel Faber*
P1341. Dorian, *Will Self*
P1342. Le Cadeau, *David Flusfeder*
P1343. Le Dernier Voyage d'Horatio II, *Eduardo Mendoza*
P1344. Mon vieux, *Thierry Jonquet*
P1345. Lendemains de terreur, *Lawrence Block*
P1346. Déni de justice, *Andrew Klavan*
P1347. Brûlé, *Leonard Chang*
P1348. Montesquieu, *Jean Lacouture*
P1349. Stendhal, *Jean Lacouture*
P1350. Le Collectionneur de collections, *Henri Cueco*
P1351. Camping, *Abdelkader Djemaï*
P1352. Janice Winter, *Rose-Marie Pagnard*
P1353. La Jalousie des fleurs, *Ysabelle Lacamp*
P1354. Ma vie, son œuvre, *Jacques-Pierre Amette*
P1355. Lila, Lila, *Martin Suter*
P1356. Un amour de jeunesse, *Ann Packer*
P1357. Mirages du Sud, *Nedim Gürsel*
P1358. Marguerite et les Enragés
Jean-Claude Lattès et Éric Deschodt
P1359. Los Angeles River, *Michael Connelly*
P1360. Refus de mémoire, *Sarah Paretsky*
P1361. Petite Musique de meurtre, *Laura Lippman*
P1362. Le Cœur sous le rouleau compresseur, *Howard Buten*
P1363. L'Anniversaire, *Mouloud Feraoun*
P1364. Passer l'hiver, *Olivier Adam*
P1365. L'Infamille, *Christophe Honoré*
P1366. La Douceur, *Christophe Honoré*
P1367. Des gens du monde, *Catherine Lépront*
P1368. Vent en rafales, *Taslima Nasreen*
P1369. Terres de crépuscule, *J.M. Coetzee*
P1370. Lizka et ses hommes, *Alexandre Ikonnikov*
P1371. Le Châle, *Cynthia Ozick*
P1372. L'Affaire du Dahlia noir, *Steve Hodel*
P1373. Premières Armes, *Faye Kellerman*
P1374. Onze Jours, *Donald Harstad*
P1375. Le croque-mort préfère la bière, *Tim Cockey*

P1376. Le Messie de Stockholm, *Cynthia Ozick*
P1377. Quand on refuse on dit non, *Ahmadou Kourouma*
P1378. Une vie française, *Jean-Paul Dubois*
P1379. Une année sous silence, *Jean-Paul Dubois*
P1380. La Dernière Leçon, *Noëlle Châtelet*
P1381. Folle, *Nelly Arcan*
P1382. La Hache et le Violon, *Alain Fleischer*
P1383. Vive la sociale !, *Gérard Mordillat*
P1384. Histoire d'une vie, *Aharon Appelfeld*
P1385. L'Immortel Bartfuss, *Aharon Appelfeld*
P1386. Beaux seins, belles fesses, *Mo Yan*
P1387. Séfarade, *Antonio Muñoz Molina*
P1388. Le Gentilhomme au pourpoint jaune
Arturo Pérez Reverte
P1389. Ponton à la dérive, *Daniel Katz*
P1390. La Fille du directeur de cirque, *Jostein Gaarder*
P1391. Pelle le Conquérant 3, *Martin Andersen Nexø*
P1392. Pelle le Conquérant 4, *Martin Andersen Nexø*
P1393. Soul Circus, *George P. Pelecanos*
P1394. La Mort au fond du canyon, *C.J. Box*
P1395. Recherchée, *Karin Alvtegen*
P1396. Disparitions à la chaîne, *Åke Smedberg*
P1397. Bardo or not bardo, *Antoine Volodine*
P1398. La Vingt-Septième Ville, *Jonathan Franzen*
P1399. Pluie, *Kirsty Gunn*
P1400. La Mort de Carlos Gardel, *António Lobo Antunes*
P1401. La Meilleure Façon de grandir, *Meir Shalev*
P1402. Les Plus Beaux Contes zen, *Henri Brunel*
P1403. Le Sang du monde, *Catherine Clément*
P1404. Poétique de l'égorgeur, *Philippe Ségur*
P1405 La Proie des âmes, *Matt Ruff*
P1406. La Vie invisible, *Juan Manuel de Prada*
P1407. Qu'elle repose en paix, *Jonathan Kellerman*
P1408. Le Croque-mort à tombeau ouvert, *Tim Cockey*
P1409. La Ferme des corps, *Bill Bass*
P1410. Le Passeport, *Azouz Begag*
P1411. La station Saint-Martin est fermée au public
Joseph Bialot
P1412. L'Intégration, *Azouz Begag*
P1413. La Géométrie des sentiments, *Patrick Roegiers*
P1414. L'Âme du chasseur, *Deon Meyer*
P1415. La Promenade des délices, *Mercedes Deambrosis*
P1416. Un après-midi avec Rock Hudson
Mercedes Deambrosis
P1417. Ne gênez pas le bourreau, *Alexandra Marinina*
P1418. Verre cassé, *Alain Mabanckou*
P1419. African Psycho, *Alain Mabanckou*

P1420. Le Nez sur la vitre, *Abdelkader Djemaï*
P1421. Gare du Nord, *Abdelkader Djemaï*
P1422. Le Chercheur d'Afriques, *Henri Lopes*
P1423. La Rumeur d'Aquitaine, *Jean Lacouture*
P1424. Une soirée, *Anny Duperey*
P1425. Un saut dans le vide, *Ed Dee*
P1426. En l'absence de Blanca, *Antonio Muñoz Molina*
P1427. La Plus Belle Histoire du bonheur, *collectif*
P1429. Comment c'était. Souvenirs sur Samuel Beckett
Anne Atik
P1430. Suite à l'hôtel Crystal, *Olivier Rolin*
P1431. Le Bon Serviteur, *Carmen Posadas*
P1432. Traité de savoir-vivre à l'usage des jeunes Russes
Gary Shteyngart
P1433. C'est égal, *Agota Kristof*
P1434. Le Nombril des femmes, *Dominique Quessada*
P1435. L'Enfant à la luge, *Chris Mooney*
P1436. Encres de Chine, *Qiu Xiaolong*
P1437. Enquête de mor(t)alité, *Gene Riehl*
P1438. Le Château du roi dragon. La Saga du roi dragon I
Stephen Lawhead
P1439. Les Armes des Garamont. La Malerune I
Pierre Grimbert
P1440. Le Prince déchu. Les Enfants de l'Atlantide I
Bernard Simonay
P1441. Le Voyage d'Hawkwood. Les Monarchies divines I
Paul Kearney
P1442. Un trône pour Hadon. Le Cycle d'Opar I
Philip-José Farmer
P1443. Fendragon, *Barbara Hambly*
P1444. Les Brigands de la forêt de Skule, *Kerstin Ekman*
P1445. L'Abîme, *John Crowley*
P1446. Œuvre poétique, *Léopold Sédar Senghor*
P1447. Cadastre, *suivi de* Moi, Laminaire…, *Aimé Césaire*
P1448. La Terre vaine et autres poèmes, *Thomas Stearns Eliot*
P1449. Le Reste du voyage et autres poèmes, *Bernard Noël*
P1450. Haïkus, *anthologie*
P1451. L'homme qui souriait, *Henning Mankell*
P1452. Une question d'honneur, *Donna Leon*
P1453. Little Scarlet, *Walter Mosley*
P1454. Elizabeth Costello, *J.M. Coetzee*
P1455. Le maître a de plus en plus d'humour, *Mo Yan*
P1456. La Femme sur la plage avec un chien, *William Boyd*
P1457. Accusé Chirac, levez-vous !, *Denis Jeambar*
P1458. Sisyphe, roi de Corinthe, Le Châtiment des Dieux I
François Rachline
P1459. Le Voyage d'Anna, *Henri Gougaud*

P1460. Le Hussard, *Arturo Pérez-Reverte*
P1461. Les Amants de pierre, *Jane Urquhart*
P1462. Corcovado, *Jean-Paul Delfino*
P1463. Hadon, le guerrier. Le Cycle d'Opar II
Philip José Farmer
P1464. Maîtresse du Chaos. La Saga de Raven I
Robert Holdstock et Angus Wells
P1465. La Sève et le Givre, *Léa Silhol*
P1466. Élégies de Duino *suivi de* Sonnets à Orphée
Rainer Maria Rilke
P1467. Rilke, *Philippe Jaccottet*
P1468. C'était mieux avant, *Howard Buten*
P1469. Portrait du Gulf Stream, *Érik Orsenna*
P1470. La Vie sauve, *Lydie Violet et Marie Desplechin*
P1471. Chicken Street, *Amanda Sthers*
P1472. Polococktail Party, *Dorota Maslowska*
P1473. Football factory, *John King*
P1474. Une petite ville en Allemagne, *John le Carré*
P1475. Le Miroir aux espions, *John le Carré*
P1476. Deuil interdit, *Michael Connelly*
P1477. Le Dernier Testament, *Philip Le Roy*
P1478. Justice imminente, *Jilliane Hoffman*
P1479. Ce cher Dexter, *Jeff Lindsay*
P1480. Le Corps noir, *Dominique Manotti*
P1481. Improbable, *Adam Fawer*
P1482. Les Rois hérétiques, Les Monarchies divines II
Paul Kearney
P1483. L'Archipel du soleil, Les Enfants de l'Atlantide II
Bernard Simonay
P1484. Code Da Vinci : l'enquête
Marie-France Etchegoin et Frédéric Lenoir
P1485. L.A. Confidentiel : les secrets de Lance Armstrong
Pierre Ballester et David Walsh
P1486. Maria est morte, *Jean-Paul Dubois*
P1487. Vous aurez de mes nouvelles, *Jean-Paul Dubois*
P1488. Un pas de plus, *Marie Desplechin*
P1489. D'excellente famille, *Laurence Deflassieux*
P1490. Une femme normale, *Émilie Frèche*
P1491. La Dernière Nuit, *Marie-Ange Guillaume*
P1492. Le Sommeil des poissons, *Véronique Ovaldé*
P1493. La Dernière Note, *Jonathan Kellerman*
P1494. La Cité des jarres, *Arnaldur Indridason*
P1495. Électre à La Havane, *Leonardo Padura*
P1496. Le croque-mort est bon vivant, *Tim Cockey*
P1497. Le Cambrioleur en maraude, *Lawrence Block*
P1498. L'Araignée d'émeraude, La Saga de Raven II
Robert Holdstock et Angus Wells

P1499. Faucon de mai, *Gillian Bradshaw*
P1500. La Tante marquise, *Simonetta Agnello Hornby*
P1501. Anita, *Alicia Dujovne Ortiz*
P1502. Mexico City Blues, *Jack Kerouac*
P1503. Poésie verticale, *Roberto Juarroz*
P1506. Histoire de Rofo, Clown, *Howard Buten*
P1507. Manuel à l'usage des enfants qui ont des parents difficiles, *Jeanne Van den Brouk*
P1508. La Jeune Fille au balcon, *Leïla Sebbar*
P1509. Zenzela, *Azouz Begag*
P1510. La Rébellion, *Joseph Roth*
P1511. Falaises, *Olivier Adam*
P1512. Webcam, *Adrien Goetz*
P1513. La Méthode Mila, *Lydie Salvayre*
P1514. Blonde abrasive, *Christophe Paviot*
P1515. Les Petits-Fils nègres de Vercingétorix, *Alain Mabanckou*
P1516. 107 ans, *Diastème*
P1517. La Vie magnétique, *Jean-Hubert Gailliot*
P1518. Solos d'amour, *John Updike*
P1519. Les Chutes, *Joyce Carol Oates*
P1520. Well, *Matthieu McIntosh*
P1521. À la recherche du voile noir, *Rick Moody*
P1522. Train, *Pete Dexter*
P1523. Avidité, *Elfriede Jelinek*
P1524. Retour dans la neige, *Robert Walser*
P1525. La Faim de Hoffman, *Leon de Winter*
P1526. Marie-Antoinette, La Naissance d'une reine. Lettres choisies, *Évelyne Lever*
P1527. Les Petits Verlaine *suivi de* Samedi, dimanche et fêtes *Jean-Marc Roberts*
P1528. Les Seigneurs de guerre de Nin. La Saga du roi dragon II *Stephen Lawhead*
P1529. Le Dire des Sylfes. La Malerune II *Michel Robert et Pierre Grimbert*
P1530. Le Dieu de glace. La Saga de Raven III *Robert Holdstock et Angus Wells*
P1531. Un bon cru, *Peter Mayle*
P1532. Confessions d'un boulanger, *Peter Mayle et Gérard Auzet*
P1533. Un poisson hors de l'eau, *Bernard Comment*
P1534. Histoire de la Grande Maison, *Charif Majdalani*
P1535. La Partie belle *suivi de* La Comédie légère *Jean-Marc Roberts*
P1536. Le Bonheur obligatoire, *Norman Manea*
P1537. Les Larmes de ma mère, *Michel Layaz*
P1538. Tant qu'il y aura des élèves, *Hervé Hamon*

P1539. Avant le gel, *Henning Mankell*
P1540. Code 10, *Donald Harstad*
P1541. Les Nouvelles Enquêtes du juge Ti, vol. 1
Le Château du lac Tchou-An, *Frédéric Lenormand*
P1542. Les Nouvelles Enquêtes du juge Ti, vol. 2
La Nuit des juges, *Frédéric Lenormand*
P1543. Que faire des crétins ? Les perles du Grand Larousse
Pierre Enckell et Pierre Larousse
P1544. Motamorphoses. À chaque mot son histoire
Daniel Brandy
P1545. L'habit ne fait pas le moine. Petite histoire des expressions
Gilles Henry
P1546. Petit Fictionnaire illustré. Les mots qui manquent au dico
Alain Finkielkraut
P1547. Le Pluriel de bric-à-brac et autres difficultés
de la langue française, *Irène Nouailhac*
P1548. Un bouquin n'est pas un livre. Les nuances des synonymes
Rémi Bertrand
P1549. Sans nouvelles de Gurb, *Eduardo Mendoza*
P1550. Le Dernier Amour du président, *Andreï Kourkov*
P1551. L'Amour soudain, *Aharon Appelfeld*
P1552. Nos plus beaux souvenirs, *Stewart O'Nan*
P1553. Saint-Sépulcre !, *Patrick Besson*
P1554. L'Autre comme moi, *José Saramago*
P1555. Pourquoi Mitterrand ?, *Pierre Joxe*
P1556. Pas si fous ces Français !
Jean-Benoît Nadeau et Julie Barlow
P1557. La Colline des Anges
Jean-Claude Guillebaud et Raymond Depardon
P1558. La Solitude heureuse du voyageur
précédé de Notes, *Raymond Depardon*
P1559. Hard Revolution, *George P. Pelecanos*
P1560. La Morsure du lézard, *Kirk Mitchell*
P1561. Winterkill, *C.J. Box*
P1562. La Morsure du dragon, *Jean-François Susbielle*
P1563. Rituels sanglants, *Craig Russell*
P1564. Les Écorchés, *Peter Moore Smith*
P1565. Le Crépuscule des géants. Les Enfants de l'Atlantide III
Bernard Simonay
P1566. Aara. Aradia I, *Tanith Lee*
P1567. Les Guerres de fer. Les Monarchies divines III
Paul Kearney
P1568. La Rose pourpre et le Lys, tome 1, *Michel Faber*
P1569. La Rose pourpre et le Lys, tome 2, *Michel Faber*
P1570. Sarnia, *G.B. Edwards*
P1571. Saint-Cyr/La Maison d'Esther, *Yves Dangerfield*
P1572. Renverse du souffle, *Paul Celan*

P1573. Pour un tombeau d'Anatole, *Stéphane Mallarmé*
P1574. 95 Poèmes, *E.E. Cummings*
P1575. Le Dico des mots croisés, *Michel Laclos*
P1576. Les deux font la paire, *Patrice Louis*
P1577. Le Petit Manuel du français maltraité, *Pierre Bénard*
P1578. L'Avortement, *Richard Brautigan*
P1579. Les Braban, *Patrick Besson*
P1580. Le Sac à main, *Marie Desplechin*
P1581. Nouvelles du monde entier, *Vincent Ravalec*
P1582. Le Sens de l'arnaque, *James Swain*
P1583. L'Automne à Cuba, *Leonardo Padura*
P1584. Le Glaive et la flamme. La Saga du roi dragon III
Stephen Lawhead
P1585. La Belle Arcane. La Malerune III
Michel Robert et Pierre Grimbert
P1586. Femme en costume de bataille, *Antonio Benitez-Rojo*
P1587. Le Cavalier de l'Olympe. Le Châtiment des Dieux II
François Rachline
P1588. Le Pas de l'ourse, *Douglas Glover*
P1589. Lignes de fond, *Neil Jordan*
P1590. Monsieur Butterfly, *Howard Buten*
P1591. Parfois je ris tout seul, *Jean-Paul Dubois*
P1592. Sang impur, *Hugo Hamilton*
P1593. Le Musée de la sirène, *Cypora Petitjean-Cerf*
P1594. Histoire de la gauche caviar, *Laurent Joffrin*
P1595. Les Enfants de chœur (Little children), *Tom Perrotta*
P1596. Les Femmes politiques, *Laure Adler*
P1597. La Preuve par le sang, *Jonathan Kellerman*
P1598. La Femme en vert, *Arnaldur Indridason*
P1599. Le Che s'est suicidé, *Petros Markaris*
P1600. Les Nouvelles Enquêtes du juge Ti, vol. 3
Le Palais des Courtisanes, *Frédéric Lenormand*
P1601. Trahie, *Karin Alvtegen*
P1602. Les Requins de Trieste, *Veit Heinichen*
P1603. Pour adultes seulement, *Philip Le Roy*
P1604. Offre publique d'assassinat, *Stephen W. Frey*
P1605. L'Heure du Châtiment, *Eileen Dreyer*
P1606. Aden, *Anne-Marie Garat*
P1607. Histoire secrète du Mossad, *Gordon Thomas*
P1608. La Guerre du paradis. Le Chant d'Albion I
Stephen Lawhead
P1609. La Terre des morts. Les Enfants de l'Atlantide IV
Bernard Simonay
P1610. Aradia 2, Thenser, *Tanith Lee*
P1611. Le Petit livre des gros calins, *Kathleen Keating*
P1612. Un soir de décembre, *Delphine de Vigan*
P1613. L'Amour foudre, *Henri Gougaud*